致青春 042

因為你也在這裡

酒小七　著

高寶書版集團

目錄
CONTENTS

第一章

我坐在安靜的咖啡廳中，口乾舌燥。我想端起面前的咖啡喝一口，然而我的手不停地抖啊抖，咖啡杯與托盤之間發出「叮叮噹噹」的雜音，杯中的咖啡也在抖動中灑了出來。

我只好放棄咖啡，抽了張紙巾胡亂擦著，額頭直冒汗。

我並沒有癲癇發作，我只是有點激動。

我叫紀然，今年大二。我最大的愛好是網球，最大的偶像是費德勒。因此，當我面前擺著一支價值不菲的網球拍，且上面有費神他老人家的親筆簽名時，我怎能不激動？

那是一支什麼樣的網球拍呢？限量版 Wilson BLX 金玄劍——黑色拍身、金色紋飾、純金logo——霸氣十足。一零五的拍面和二六四的重量又很適合女孩子，簡直是要人命啊！

更要命的是那萌氣十足的簽名，簽名旁邊還畫著一個笑臉，看到這個，我覺得我好像馬上就要噴鼻血了。

坐在我對面的男生滿意地看著我的反應，他悠哉地往椅背上一靠，說道：「想要嗎？」

這不是廢話嘛！

眼前這英俊、惹人注意的男生名叫宋若谷，跟我同校同年級，但我們不熟，我只見過他幾次，因為他是我們班同學秦雪薇的男朋友。

宋若谷和秦雪薇是A大的明星情侶，青梅竹馬，門當戶對，男的是校草，女的是校花，而且兩人都是資優生，各自站穩自己系上的年級前三名。總之，這兩人無論走到哪裡都能引起一眾凡人的羨慕嫉妒恨。

我對這兩人的八卦興趣不大，而且我雖然和秦雪薇是同班同學，但頻率對不太上，所以也不算太熟。

現在秦雪薇的男朋友突然來找我，把這麼大一個寶貝擺在我面前，這不得不讓人懷疑其動機。

我小心翼翼地摸著那支球拍，目光繾綣，簡直就像是在看情人一樣。我問：「你到底想做什麼？」其實我想說你開個價吧，除了賣身，我什麼都能答應。

結果宋若谷卻答非所問，「我和秦雪薇分手了。」

「喔，然後呢？」我覺得很奇怪，這和我有什麼關係？

「所以，妳當我的女朋友吧。」

「！！！」

我震驚地看著他，「帥哥，我跟你很熟嗎？」

宋若谷也有點尷尬，他乾咳了一聲說道：「別誤會，我的意思是……請妳幫我追回秦雪薇。」

原來如此。我雖然不怎麼看偶像劇，卻有一個執迷於偶像劇的密友，所以對那些狗血劇情還算熟悉。宋若谷不就是想讓秦雪薇吃醋不甘心，然後回過頭踹開我，他們繼續郎情妾意下去嗎？這道理我懂，只是……這種方法怎麼看都不像是他這種智商的人會提出來的。

於是我狐疑地打量他，「是誰幫你出這種餿主意的？」

宋若谷眉頭微皺，「這主意很不好嗎？」

我點點頭。饒是厚臉皮如我，面對這麼幼稚的事情也實在誇不出口。

宋若谷失望地嘆了口氣，「那算了。」他說著，便要拿回球拍。

等、一、下！

我死死地按住球拍，費神的親筆簽名加可愛的小笑臉球拍，我可能這輩子只能見到這麼一次，你怎麼這麼快就要離我而去！

「妳想說什麼？」他收回手看著我。想必是我太緊張了產生錯覺，不然的話我怎麼會看到他似乎是在笑？

「那個，我的意思是……是……你怎麼會找上我呢？」我摸著球拍，打算跟他多聊一會兒。

宋若谷簡單地分析了一下原因。首先，我和秦雪薇同班，而且住在隔壁寢室，這樣我會掌握一些他不了解的資訊；其次，秦雪薇此人善妒且好強，用這種方法對付她剛剛好就是對症下藥；況且，女孩子總是更了解女孩子的心思；再者，宋若谷看我還算順眼，至少不討厭。

聽到這裡我癟癟嘴，我是不是還要感到榮幸啊，宋大少爺！

當然，最讓我受不了的是最後一個原因——

「我聽說妳對男人不感興趣。」

「噗……」

請原諒我一時沒忍住，剛喝到嘴裡的咖啡就噴了出來，等我反應過來，整口都噴光了。

宋若谷還保持著端咖啡的姿勢。他面無表情地看著我，一動也不動，像一尊雕像，而且是不太乾淨的雕像。

我擦擦嘴，異常地憤慨，「你是聽誰說的？」開玩笑，本人雖然短頭髮、愛運動、偶爾不夠溫柔，還和男生稱兄道弟，但我也是女生好嗎？怎麼會對男人不感興趣！

宋若谷抽了張衛生紙緩慢地擦著臉，「看來是我錯了。」他說著，又要拿回球拍。

我看著他的動作，心裡默念著，富貴不能淫，貧賤不能移，威武不能屈……什麼的，那其實都是浮雲啊浮雲。

於是，我冷酷一笑，「你沒錯，我只是沒想到，我隱藏得這麼深，都被你們發現了。哈哈哈！」

宋若谷往後靠了靠，都這樣了他還笑得出來，而且笑容帶有著洞察一切的欠扁，「好，那就這樣吧。」

我快速把球拍收好，又問道：「需要多久？」

「越快越好。」

我也希望越快越好，可是……「那要是很久都追不回來呢？你得訂一個期限吧？」

他思索了一下，「先三個月吧。」

「那三個月以後呢？」

他有點不耐煩地看著我，「我現在有點後悔了。」

好，我老老實實地閉嘴。

雖然今天這件事有點詭異，但是我很興奮。我抱著球拍，簡直就像是把費德勒抱在懷中。

從咖啡廳出來後，我找到了史路，這位就是我那喜歡看偶像劇的密友。他——對，是他不是她，我沒有寫錯你也沒有看錯——他比我小三個月，我們倆高中同班，大學同校。他從小就喜歡跟女孩子混在一起，就跟賈寶玉一樣。他喜歡看言情小說和偶像劇，喜歡甜食和奶茶，他的筆袋是櫻桃小丸子的，他吃飯時翹蘭花指……總之一句話，史路很女孩子氣。

翹蘭花指這個我是無法忍受的。因此，作為一個有良知的密友，我威脅了他半年多，他才改掉這個習慣。當時他還很委屈，說什麼他爸媽都沒這麼嫌棄他。

是啊！因為他爸媽都翹蘭花指！

扯遠了，話說我找到了史路，得意洋洋地秀出我的金玄劍給他看，結果他看著BLX三個字母說：「玻璃心？這名字怎麼這麼奇怪？」

「……」我差點噴出一口血，早就叫你別看那麼多偶像劇了吧！人都看傻了！

由於接連被宋若谷和史路刺激，我對這個世界是否還是正常的樣貌感到懷疑。我揹著我的金玄劍回到寢室，在寢室門口看到秦雪薇，她正要出去，站在走廊上鎖了門。我一時還沒有作為情敵的自覺，便和她打了個招呼。

結果一向淡漠的冰山美人竟然朝我笑了笑。

果然這個世界已經不正常了！

我被她笑得寒毛都豎起來了，不自在地躲進寢室。

秦雪薇該不會已經知道我和宋若谷串通好了吧？應該不會，宋若谷不至於那麼沉不住氣。可是……一想到宋若谷竟然能用那麼奇葩的主意來挽回女朋友，我就覺得他的智商其實滿堪憂的。

我憂心忡忡地把球拍放好，旁敲側擊地對室友說秦雪薇看起來心情不錯。室友答曰：本校拿了校際辯論大賽的第一名，秦雪薇是校隊的選手，她當然開心。

原來是這樣啊。我想起來了，是有這麼回事，我也是知道的。因為史路也是辯論校隊的，他今天還有跟我說，說他們拿了第一名。但是他說得比較輕描淡寫，而且我又被他所謂的「玻璃心」刺激到了，所以努力表示了對此的不屑。

不管怎麼說，剛失戀就笑得出來，這個秦雪薇的心臟也真夠強大的。

當我還沒有搞清楚一個合格的炮灰應該怎麼當時，我已經是全校眾矢之的的小三了。

事情是這樣的，我和宋若谷狼狽為奸的第二天，我尚且不在狀況內，早上迷迷糊糊地起床上課，結果一下樓就看到宋若谷牽著腳踏車在樓下等。

他身材頎長，長腿窄腰，加一張俊臉，即使穿著最普通的襯衫牛仔褲，也十分引人注意。況且這個人本來就是名人，因此路過的同學紛紛向他行注目禮，大家都知道他是來等秦雪薇的。

然而秦大美女看到他時，傲嬌地一扭頭，兩人擦身而過。

宋若谷也沒理秦雪薇，而是看向她身後的我說：「怎麼這麼晚？」

我愣了兩秒鐘才反應過來，我不是這人的女朋友嘛！

我走過去，有點尷尬，總感覺周遭的目光火辣辣的，像是雷射一樣掃射著我。

「上來。」宋若谷的語氣有點不耐。

我俐落地坐上自行車後座，「快點，還要吃早餐。」

宋若谷抬手看了看錶，鄙夷地哼了一聲。

這人的效率滿好的，這麼快就跑來刺激前女友了，但也不知道效果怎麼樣。他載著我路過秦雪薇時我很想看一看她的表情，然而我多少有點心虛，只好扭過臉埋著頭，臉一不小心貼到宋若谷的後背。

宋若谷不甚開心，「妳能不能矜持一點。」

「……」我滿無言的。當然，這小子腦袋不正常，我也不和他計較。但是看到他不開心，我就滿開心的。於是我無恥地環住他的腰，好笑著用力磨蹭磨蹭他的後背。

宋若谷一抖，腳踏車歪歪扭扭地差一點摔倒。他後背僵硬，似乎想掙開我，「妳……」

我笑道：「我敬業。」

不管怎麼說，我現在是他名義上的女朋友，送上門的帥哥不調戲白不調戲。

宋若谷果然不說話了，老老實實地當苦力。

我們一起吃了早餐，一起走進教學大樓，期間他一句話都沒說，臉色不大好看。但是我們分開時，他說了一句：「妳做得很好。」

我頂著一頭問號看他，不知道他想表達什麼。

他卻不再說話，敷衍地摸了摸我的頭，面無表情地轉身離開。

教學大樓裡人來人往，這一幕被很多人看到，再加上他的腳踏車上坐的是我而不是秦雪薇，故事就這樣神展開了。八卦往往是最能夠激發人的想像力的東西，隨便幾個細節就能誘發出無數種版本，到中午的時候，我就已經成為ＰＫ掉女神，火速上位的小三。而且群眾們把我和秦雪薇做了一個全面性的比較，從臉蛋到身材到智商到才華，最後得出一個結論：宋若谷的眼睛瞎了。

我：……

這些都是史路和我說的，鑒於此人人品飄忽不定，所以我對其真實性表示懷疑。結果這小子直接把手機遞給我，螢幕上的畫面正是校園ＢＢＳ論壇。我把評論從頭到尾看完，最後凜然說道：「鄉民不能代表民意！」

史路收起手機，「是，我就覺得妳超帥氣，很有男子氣概，非常能給人安全感。」

「……」你確定你這是在安慰我嗎？

雖然不在乎被人當炮灰碾壓，但我還是很在乎名聲的，尤其事關小三、包養、橫刀奪愛這類關鍵字。晚上室友們看著我時，目光閃躲欲言又止，搞得我很憂傷。接下來我很可能會被孤立、被鄙視、被指指點點。畢竟女人們最討厭什麼，大家都清楚。

不行，我得想個辦法制止這種惡毒的事件發生。

既然事情起因於流言，那不如以毒攻毒，我爆個更勁爆的料不就行了。

只是，什麼樣的事情才是更勁爆的呢……

過了兩天，我和宋若谷的「愛情始末」就被人熟知了。那是一個天氣陰沉的下午，我看到蹲在牆角默默流淚的宋若谷。他的臉上有紅手印，還被人潑了一臉的咖啡。他哭得悲傷，哭得絕望。於是，作為一個團結友愛有同情心的好青年，我買了衛生紙和水給他，並且安慰了他幾句。宋若谷便抓著我大吐苦水，原來他失戀了……

至於失戀的內幕，那屬於隱私中的隱私，恕不贅述。

總之我一邊傾聽一邊安慰他，宋若谷覺得我很帥氣、很有男子氣概、很能給人安全感……咳，不是，他覺得我很溫柔、很善良、很讓人心安，所以他想和我在一起試試……

於是第二天，宋若谷就神采奕奕地來我宿舍樓下等我了。

雖然這個故事漏洞百出，雖然宋若谷的愛情觀讓人匪夷所思，但是，光腦補出一個蹲在牆角默默垂淚的校草級帥哥，就已經很能讓女人們的八卦之魂燃燒起來，誰還管它是真是假！

本人的形象一秒鐘從狐狸精變成聖母了！

週六早上有節選修課。宋若谷竟然自動自發地又跑來載我去上課，不過他的臉色就不怎麼好看了。我只好裝傻，一邊晃著腿一邊悠然地哼著歌。

宋若谷突然說道：「手。」

「？？？」我以為我聽錯了，手怎麼了？

他空出一隻手，拉過我的手，放在他的腰上。我反應過來，環住他的腰，於是他安靜了。

我有點彆扭，畢竟主動調戲和被動調戲的性質不一樣。而且這小子，前兩天不是還一副捍衛貞操的羞怯模樣嗎？他倒適應得很快。

宋若谷不知道我在想什麼，他又幽幽地飄過來一句：「我從八歲以後就沒哭過。」來了！

我就知道他會找我興師問罪，於是脖子一硬，「不是我說的！」

吱——一陣尖銳的摩擦聲，腳踏車停了下來。宋若谷單腿支撐著車子，扭頭看我，循循善誘道：「說什麼？」

我才醒悟過來自己這是在自投羅網，於是摸著鼻子望天，說道：「我餓了，我要吃小籠包，我要喝蛋花湯。」

宋若谷也不揭穿我，而是快速地、用力地揉著我的頭，這動作一點都不像是對待女朋友的寵溺，倒有點對待大型犬的豪放。

我翻著白眼任他蹂躪，等他玩夠了，便騎著腳踏車直奔學生餐廳。分開的時候他看著我，臉部表情抽搐，眼睛彎彎的，像是在極力忍著笑。

雖然覺得他莫名其妙，但是一旦用「腦回路不正常」來解釋這一切，我也就釋然了。

上課時我被人圍觀，我以為這是近期那些八卦的功勞，便也沒放在心上。只是不明白講臺上四十多歲的老師也頻頻看向我是什麼意思，難道他也對八卦有興趣？

下課之後我去找史路，兩人約好了一起逛街。但是史路一看到我就震驚了，我不明所以，結果他從包包裡掏出一個精緻的小鏡子遞給我，我往鏡子裡一看，哇，哪來的妖怪！

鏡子裡那張臉我甚是熟悉，只是那頭髮，簡直就像是被雷劈過一樣，根根叫囂著要逃離大地，奔向天空。

我丟掉鏡子，用力扒著頭髮，惡狠狠地想著這到底是怎麼一回事。很快我就想到了早上宋若谷在我頭上亂搓的那隻魔掌，還有他忍到內傷的笑容，於是一切不言而喻。

「我要報仇！」我握著拳頭，咬牙切齒地說道。我激動地看著史路，希望他能給我點回應，哪怕是安慰也好。

「我今天總算見到什麼是真正的『炸毛』了。」史路也很激動。

「……」有這麼一個密友，我感到很無力。

第二章

在報仇之前，我想我有必要先替自己換個髮型。我的頭髮偏硬，而且又是短髮，所以很容易變形，難怪宋若谷能那麼容易得逞。於是我決定先去把頭髮燙個造型，以絕後患。

史路對我這個想法表示全力支持，他還拉著我來到一家理髮店，拍著胸脯推薦了一個理髮師給我。

於是我在理髮店昏昏欲睡了一個多小時，理髮師告訴我可以了。等我睜開眼睛，看到鏡子裡那個典型的鄉土加上俗艷的造型時，我整個人清醒得不能再清醒了。這理髮店是有多缺造型師啊，竟然把這種怨念發洩到顧客頭上！

史路這小子竟然還睜著眼睛說瞎話，一股勁地誇好看，理髮師也厚著臉皮問我真的不染一染嗎……

你見過誰斷了條手臂，還哭喊著要再斷條腿的？

頂著這個髮型，我那報仇的雄心壯志一下子就消失殆盡。史路還要拉著我去買衣服、買鞋子、買各種亂七八糟的小玩意，天知道我現在有多麼地想捏死他！捏死他！

經歷了這麼不堪回首的一天，晚上我懷著沉重的心情睡覺了。我希望今天這一切都只是一場惡夢，等到第二天我醒來時，看到的又是一個正常的世界。

然而我錯了，大錯特錯。

因為真正的挑戰才剛剛開始，我要在正面戰場對陣秦雪薇了，這是多麼考驗意志以及演技的時刻！

星期日這天，天氣晴朗。早上我收到一封莫名其妙的簡訊，說要我陪他參加朋友的生日聚會，我根本就沒看過這個號碼，便回覆：你是？

過了一會兒，簡訊回傳過來：妳男朋友。

這個……慚愧慚愧，我到現在都還沒把宋若谷的號碼存起來，想必他又不開心了，又傳了一串「……」過來。

我正想著要怎麼解釋，宋若谷又不耐煩地問：妳到底去不去？

我拿起鏡子看了看我那令人心酸的髮型，我現在恨不得躲在屋裡永遠不見人，你還想讓我參加聚會，這是多麼殘忍的事情！

於是我選好角度，拍了張特別悽慘的照片傳給他，事實勝於雄辯，一切盡在不言中，他一定懂的。

宋若谷果然懂了，他很快打電話過來，直截了當地說道：『走吧，先去弄頭髮。』

廢話，我也想啊，可是我的生活費已經捉襟見肘了。

他似乎猜到了我在想什麼，又很體貼地補上一句：『我有XX的會員卡。』

當我頂著一個正常人應該有的髮型走出來時，我發現這小子還是有點可取的地方。

宋若谷摸著下巴說：「還行。」接著他把我帶到離學校不遠的一間餐廳。

過生日的這位叫老六，也不知道他這號碼是怎麼排的。老六和宋若谷是從小到大的朋友，事實上據我觀察，今天來這裡幫他慶生的多半是和他一起長大的老朋友，以及他幾個比較要好的同學，平常就是同一個圈子的。宋若谷今天是想把所謂「新女朋友」帶來給大家看一下，不管他的真實目的是什麼，我和這個圈子總歸是有距離的；而且我也發現其中一些人對我的排斥，畢竟秦雪薇才是他們認可的朋友，也應該是宋若谷的正牌女友。

我很想和他們說，我也是這麼認為的。

所以我今天的角色定位應該是乖乖地坐在宋若谷旁邊當小白兔，偶爾拋個媚眼秀一下恩愛。

但是我的計畫被老六打亂了，因為他一眼就認出我，「妳是紀然？」

我很納悶，這位同學我確定沒見過你啊。

老六笑道：「我見過妳，今年B市大學生網球公開賽，妳打得不錯。」

被他這麼一誇，我瞬間就不好意思了，「啊，其實我表現得不太好，有點怯場。」

「已經很不錯啦，妳很有天分，」他頓了頓，又說，「前幾天谷子從我這裡搶走的金玄劍，不會就是為了討好妳吧？」

呃，原來那支網球拍的來歷竟然這麼曲折。也對啊，球拍好買，但是簽名哪有那麼容易弄到。於是我不好意思地看著他，「原來那支球拍是你的，我還以為……」

他擺擺手，「沒事沒事，寶劍贈英雄。況且谷子從我這裡搶走的東西太多了，不在乎這一件兩件的。」

這話被宋若谷聽到了，於是他面無表情地說道：「是，我從你那裡搶來的東西再乘以十，就是你搶走我的。」

老六癟癟嘴，不屑地說：「小心眼。」

看到宋若谷吃癟，我也很開心，想到那個萌翻我的簽名，便問老六是怎麼讓費德勒在簽名時順便畫上笑臉的。

老六不解：「什麼笑臉？」

我掏出手機給他看照片，「就是這個。」

老六搖頭，「費神他老人家才不會畫這個呢，」他想了想，哧笑一聲道，「這個恐怕是某人自己加上去的吧。」

我無法置信地看向宋若谷，「這真的是你自己畫上去的？」要多麼有想像力的人，才能在大神的簽名旁邊心安理得地畫上那麼兩筆？

宋若谷沒有否認，「妳不是很喜歡嗎？」

我是很喜歡，但前提是我不知道真相！

我想生氣又不好生氣，一口氣堵在胸口上不來下不去，偏偏宋若谷還火上澆油地又來摸我的頭，一邊摸一邊肉麻兮兮地說：「乖。」

「……」

我很想抓過他的手，順手就給他來個過肩摔，但是當我看到從外面走進來的某人時，我很快就明白宋若谷這麼做的用意。

原來他沒有中邪，只是在做給秦雪薇看。

此時身為炮灰的我當然要竭力配合，槍口一致對外，於是我抓著宋若谷的手搖啊搖，一邊搖一邊說：「哎呀，你討厭，你討厭，你討厭……」說實話，我撒嬌的技能值為零，也不知道這樣行不行。

宋若谷捏了捏額頭，從牙縫裡擠出兩個字：「閉嘴。」

看樣子是不行的。

我放開他，端起面前的果汁喝了一口，一扭頭卻看到老六張大嘴巴，非常震驚地看著我。我只好朝他淡淡一笑，「怎麼了，沒見過撒嬌啊？」

老六用力點頭，肅然說道：「長知識了。」

這時，秦雪薇走了過來，她遞給老六一個盒子，說了句「生日快樂」。包廂裡的氣氛有點尷尬，畢竟前任與現任狹路相逢什麼的，多狗血啊。

狗血男主角倒是淡定，他只看了秦雪薇一眼，又轉過頭和身邊的人說話。

狗血女主角更淡定，她甚至都沒看我們，直接當我們是空氣。

只有狗血炮灰不太淡定，我說你們倆能不能至少表現一下吃醋、憤怒、念念不忘什麼的，那樣我也好早點收工啊！

秦雪薇坐在我的斜對面，她端著一杯雞尾酒和身邊的姊妹聊天，笑容迷人，舉止優雅，真真切切的千金小姐氣質。她的姊妹偶爾會看我一兩眼，無一例外是鄙夷外加厭惡的眼神。

我有那麼慘嗎？

我也不再為自己找不痛快，邊吃東西邊和周圍的人聊天。老六以及他的朋友都很健談，天南地北地聊，我偶爾插上兩句，他們竟然像看怪物一樣看我。我以為我又被鄙視了，結果老六竭力向我解釋了，一個女人懂經濟、懂政治、懂軍事、懂體育，而且看足球時並不只是盯著帥哥的臉看，那是多麼了不起的一件事情。

我又有自信了。

然而，宋若谷卻慢悠悠地飄過來一句：「那和男人有什麼兩樣。」

「……」我發現這個宋若谷簡直就是上帝派來考驗我的。

我笑吟吟地抓著宋若谷的一隻手臂，狠狠一掐，宋若谷痛得皺眉，卻沒有吭聲。這時我突然扭過頭，發現秦雪薇竟然在看我們，她看到我扭頭，趕緊別過臉，目光閃爍。

咦，好像有點效果？

看來這個秦雪薇，不像表面上那麼滿不在乎嘛。

我很開心，低聲對宋若谷說：「嘿，你女朋友在看你呢。」

宋若谷揉著手臂沒說話。過了一會兒，他去洗手間了，很快，秦雪薇也出去了。我的直覺告訴我，這兩人肯定是去外頭碰面了，偶像劇裡常見的狗血劇情也會支持我這個判斷。

其實我並不是八卦的人，但是我真的很想知道這兩人到底發展到什麼程度，我什麼時候才能圓滿完成使命。於是我無恥地跟出去，打算偷聽一下他們談了點什麼。反正作為炮灰，我想我有必要知道這場感情的進度條到了哪裡。

於是我聽到了以下對話。

「你那是什麼眼光。」是秦雪薇的聲音。

「我倒覺得我的眼光有進步。」這是宋若谷。

「你什麼意思？」秦雪薇不高興了。這個……可以理解。

「我以為我表達得很清楚了。」
「宋若谷，你到底要鬧到什麼時候？」
「這話不是應該由我來問妳？」
我在外面聽得相當著急，這兩人能不能別扯那些沒用的，趕緊講重點好嗎！然而，接著裡面就沒聲音了。我想他們應該是感受到對方熊熊的愛意，於是激烈地擁吻在一起，再然後我就可以收工了。
我為自己腦補出來的這個畫面興奮，趴在門上想要試試能不能聽到什麼動靜，如果他們……很激烈的話，應該聽得到吧？
可惜這門的隔音效果太好，我只好壯著膽子，想把門推開一條縫。可是還沒等我得逞，女主角「呼」地一下把門拉開，我就像一塊山坡上滾下來的巨石一樣，身不由己地栽了進去。
秦雪薇冷哼一聲，高跟鞋規律地踩在地面上，發出「噠噠噠」的聲音，還滿悅耳。
宋若谷抱胸站在一旁，頭頂著燈光，低頭看我。由於背著光，我看不清他的臉，只覺他一雙眼睛清亮有神。
我站起身，摸摸鼻子，若無其事地走開。
我覺得這件事有點不尋常。想想，剛分手的兩人，男的心心念念想把女生追回來，女的也不算不在乎，可問題是，他們之間怎麼就沒有一點火花呢？甚至孤男寡女共處時，也一副公事公辦的態度，最多是互相譏諷兩句……你們對得起聽眾嗎？好歹給點反應啊！

我想我有必要調整一下我的炮灰方向，首先我得弄清楚這兩個冤家之間到底是什麼類型的感情。愛情呢，有人愛得平淡如水，有人愛得轟轟烈烈，但是宋若谷和秦雪薇……他們就像兩塊冰塊，我實在想像不出冰塊和冰塊談戀愛會是什麼鬼樣子。

於是我又坐回老六身旁，含蓄地向他打探宋若谷和秦雪薇以前是怎麼談戀愛的。老六是個爽快的人，也不隱瞞，告訴我他們倆從小一起長大，父執輩們交情很好，這兩個孩子從長相到個性都很登對，於是所有人都覺得他們應該在一起。

然後他們就在一起了。

「沒了？」我總覺得少了什麼。

「沒了，」老六搖頭，然後他轉而又安慰我，「妳也別太在意過去的事，感情這東西就是這樣。」

我有點失望，想到在場幾個美女不怎麼友好的眼神，又問道：「說實話，你們是不是都覺得我是狐狸精？」

老六上下打量我幾眼，誠懇地說道：「放心吧，妳和狐狸精還是有一定差距的。」

……怎麼現在的人講話都這麼惡毒呢？

一直到晚上十點多，這場聚會才解散。我今天玩得很開心，因為有幾個朋友滿聊得來的。而且我還現場獻唱兩首歌，簡直震驚全場！

回去的路上宋若谷一直沉默不語，說實話，對他和秦雪薇的進度，我這個旁觀者看著都著急，恨不得捲起袖子親自上場。談戀愛的雙方一定要有一方主動，這樣才不至於冷場，要是像他和秦雪薇那樣，兩人都矜持含蓄，一副「我和你談戀愛完全是給你面子」的德性，能長久才怪！

於是我試著問他：「宋若谷，你有對秦雪薇說過『我愛妳』這三個字嗎？」

宋若谷從沉思中回過神來，他疑惑地看著我，「說什麼？」

「我愛妳。」

宋若谷抿了抿嘴，沒說話。

好吧，我明白了，絕對是沒有。我又問他：「那秦雪薇呢，有和你說過嗎？」

他搖了搖頭，「妳煩不煩。」

我煩啊，我快煩死了！你們這是談什麼戀愛，連個「我愛你」都說不出口，八成是從封建社會穿越過來的吧？

可是我又想，這兩人從小一起長大，可能對方穿尿布是什麼模樣都瞭如指掌，要是再你儂我儂的，那就真的太肉麻了。所以這麼一想也滿有道理。

我發現我的想法正在向宋若谷靠攏，這真是一個危險的徵兆。

第三章

宋若谷又發瘋了，因為他要我陪他一起去念書。

我很無言，你這個資優生去自習念書比我上必修課還積極，這是你的自由，問題是我跟著湊什麼熱鬧啊？

宋若谷的回答很直接：妳是我女朋友啊。

聽到這句話，我就像孫悟空遇到緊箍咒，馬上洩氣，只好老老實實地被他拎著去自習室。等到了自習室我就明白了——秦雪薇也在啊。也對，他們倆之前很可能把念書當成約會，並且樂此不疲，對彼此習慣去哪裡看書簡直瞭如指掌，來點巧遇也不奇怪。

我不屑地看著宋若谷，幼稚！

宋若谷的演技簡直就是影帝級的，他看到秦雪薇時先是愣了一下，接著就要換教室。

好了，現在輪到我這個炮灰上場了，新歡ＰＫ舊愛什麼的，要不要這麼狗血？我盡力表現得像個恃寵而驕的任性女生，不由分說就拉著宋若谷坐在秦雪薇前面。

宋若谷面無表情地坐下，低聲說道：「妳想太多了。」

好了好了，適可而止吧你！

我轉過頭和秦雪薇打了個招呼，她一臉扭曲地盯著我看了三秒之後，從鼻子裡發出一聲輕蔑的哼聲。

宋若谷摸了摸我的頭，以示安慰。

事實上我是不需要安慰的，沒有那個厚臉皮，我就不會攬這麼變態的事情在身上。何況看到秦大美人一臉便祕樣也是滿歡樂的。

我承認我很無聊且略猥瑣。

宋若谷看的都是英文書，果然適合他這種變態看。我靠在他肩膀上，隨意地翻著面前的一本《西方戰爭簡史》，說實話這種姿勢一點都不舒服，這小子的肩膀很硬，但我就是要秀恩愛啊。不過呢，自習室的課桌椅是僅次於枕頭的催眠利器，看著看著我就睡著了，一直到宋若谷把我叫醒。我揉著眼睛被他拎出去，一直沒注意他是什麼表情，等我發現時已經晚了。

我們回去時竟然遇到老六，也不知道他晚上還跑到我們學校來晃蕩什麼。老六看到我時，笑道：「紀然，妳也是義大利的球迷啊？」

「啊？」

老六指了指自己的臉，繼續說道：「現在又沒球賽，妳怎麼還往臉上貼國旗呢？」

我摸了摸臉，又掏出手機看了看，果然臉上多了一面小國旗，在微暗的路燈下顯得有點詭異。我頓時明白了是怎麼回事，怒瞪宋若谷，這傢伙目光淡定，只是因忍笑而略微抽搐的臉出賣了他。

幼稚！

我算是看出來了，這宋若谷看起來很高貴，面無表情像冰山一般，其實骨子裡就是充滿惡劣基因的弱智兒童！這反差也太大了吧！

老六發現氣氛不對，趕忙岔開話題，「谷子，週末我們去打網球，叫紀然一起去吧。」

「不去。」宋若谷說。

「去。」我說。

因為有怒氣加持，我現在也有膽子反抗宋若谷了。他的目光從我臉上飄過，最終說道：「那就去吧。」

老六背著宋若谷，偷偷向我豎了一下大拇指。

回去時，宋若谷拉著我站在小攤販前，指著一排糖葫蘆，問我喜歡吃什麼口味。

我癟嘴，「一串糖葫蘆就想打發我嗎？」

宋若谷扭過頭看我，語氣有點危險，「那妳想怎樣？」

我心虛地一縮脖子，「……至少兩串。」

宋若谷勾了勾嘴角，滿意地拍拍我的頭。

我很鬱悶，明明錯的人是他，我心虛什麼啊！

這天晚上，我左手一串糖葫蘆，右手一串糖葫蘆，身後跟著宋若谷，要說多得意就有多得意。很快地就有人把這一幕發到微博上，轉發和評論超多，女同學全都犯花痴，說宋若谷好帥、好溫柔、好體貼什麼的，男同學則紛紛表示，這女的也太能吃了……

我到底有多能吃，暫且按下不表。話說週末在我的盼望中很快來臨，我扛著網球拍，雄糾糾氣昂昂地來到體育館。在體育館打網球很過癮，但是收費略貴，即便本校學生有打折，還是有那麼一點點貴。因此有此等白占便宜的機會，我哪能錯過。

我們到的時候，老六正在和一個女生對打，看得出女生是個生手，把網球當羽毛球打，一拍抽下去，網球高高地飛起來，直朝我們撲來。

我一抬手抓住網球，但與此同時，站在我身後的宋若谷也來抓球，於是他一不小心就抓住我的手。現在，一個球和兩隻手像俄羅斯娃娃一樣緊密地扣在一起。

我有點尷尬。

老六回頭看到我們，他愣了一下，然後就一直愣在那裡，像被施了定身咒一樣。

我有點莫名其妙，走上前去和他打了招呼，他這才回魂，不過笑得不太自然。

這時候，那女生也走了過來，身材苗條，五官精緻，一看就是討男生喜歡的類型。看她和老六之間的眼神交流，不難猜到兩人之間的關係。

老六簡單為我們介紹了一下，這女生名叫小小，滿可愛的一個名字。

老六想和我切磋一下，而我也想見識一下他的水準，兩人一拍即合，很快另尋場地，把宋若谷和小小晾在原地。

說實話，我以為老六打得應該不錯，至少比普通人強那麼一點點，然而幾輪下來，我對他的認識徹底被顛覆，單從球技上看，他和小小還真配。而且此人球技爛得很有特色，他不看球，光盯著我看，有時候球掠過他的臉飛出去，他還舉著球拍站在那裡，簡直像個當機的機器人。

他這樣子搞得我滿心虛的，總有一種裸奔被圍觀的錯覺。我把自己上下打量了好幾遍，網球衫、運動短褲、運動鞋，這麼穿應該很正常吧？

我往宋若谷那邊看了看，他和小小沒打球，兩人坐在場邊聊天。小小抱著一大杯果汁，說得眉飛色舞，間或莞爾一笑，宋若谷則面無表情地聽著。

我看看宋若谷，又看看老六，一瞬間有點明白了。你想，宋若谷是個腦回路不正常的變態，能和他成為好朋友的人能正常到哪裡去？

於是我就釋然了，算了，就當自己一個人在打吧，老六的作用就是一面牆，負責把我打出去的球打回來，打不回來時他就是空氣，此時就是我自己一個人在練發球。

我頗佩服自己這無恥且強大的自我安慰能力。

休息時我去了趟洗手間，沖完水剛想走出隔間時，聽到有人在說話。

這不是重點，重點是說話的人是個男的！

我嚇了一跳，以為有變態色狼闖入女廁偷窺了，但是這種人不都是偷偷摸摸的嗎？哪有這麼理直氣壯的！

而且要命的是，偷窺狂不只一隻！

我悄悄地趴在門上仔細聽他們說話，發現那兩個聲音分明就是宋若谷和老六。

這這這……我的額頭開始冒汗了，目前的解釋有三個：

1. 宋若谷和老六都是變態，兩人相約來女廁所偷窺，並且因興致高昂而肆無忌憚地交談。

2. 宋若谷和老六走錯了地方。

3. 我……

但是我對這兩個人的智商還是有信心的，前兩個假設基本上不成立，於是最合理的解釋應該是，我一不小心誤入男廁所。

我羞憤地抓著隔間的門。

宋若谷：「什麼聲音？」

老六：「不知道，這種地方應該不會有老鼠吧？」

我嚇得趕忙住手，輕輕地靠在一旁，大氣都不敢出。千萬不要被發現啊……

幸好他們不再糾纏這個問題。接著外面傳來一陣水流聲，伴隨著這個聲音，老六圍繞著宋若谷的某個器官討論了一些兒童不宜的話題，語氣中頗有羨慕嫉妒恨的味道。我竟然全部聽懂了，罪過罪過。

宋若谷只答了一句：「你無不無聊。」

外面傳來唰唰的洗手聲，我以為我馬上就要逃出苦海了，結果老六來了一句：「紀然。」啊啊啊到底是什麼情況，難道被發現了？我的心差點跳出喉嚨，難以置信地睜大眼睛，這傢伙是何方妖孽，這樣子都可以發現我？

然而，老六又說道：「跟你在一起很幸福吧？」接著就是一串猥瑣的笑聲。

原來他不是有特異功能，人家只是斷句斷很開。

我輕輕地拍著胸口。雖然老六剛才說那句話的語氣無比輕佻，我也清楚他指的是什麼，但我現在沒心思生這種氣，全部意念都用來祈禱這兩尊神祇趕緊離開。

可是他們似乎打算長談，宋若谷疑惑地問老六：「你到底想說什麼？」

接下來，老六的回答再一次顛覆了我的世界觀，讓我有種想衝出去把他暴打一頓的衝動。他說：「谷子，你能不能把紀然讓給我？」

誰能告訴我這到底是什麼情況！為什麼我會躲在男廁所，聽兩個男生聊轉讓我的話題，老娘又不是什麼物件，是可以隨便轉讓的嗎？而且你不是有女朋友嗎？怎麼又明目張膽地跑來挖兄弟的牆角！

不知道是不是宋若谷正在猶豫，老六又補了一句：「我知道你不喜歡她。」

那也輪不到你！

宋若谷反駁道：「你也不喜歡她。」

老六的回答很無恥：「可是她的腿很漂亮，我對這樣的女生沒有抵抗力。」

我終於明白問題出在哪裡了。怪不得老六看到我時會發愣，怪不得我們打球時他一直盯著我看，就因為我有一雙美腿，而且還暴露在他面前？這也太扯了吧？

我低下頭仔細看著自己的雙腿，也沒看出有多美啊！

這時，宋若谷又說話了：「那個小小，不是你女朋友嗎？」

「我們只是玩玩，你應該清楚。」

……我已經無力吐槽了。我很佩服老六，能無恥到讓人對他啞口無言也是一種本事。

宋若谷說道：「那你想和紀然在一起也只是玩玩？」

老六沒接話。我在心裡替他回答：還用問嗎？

宋若谷還算有良心，他說：「老六，紀然比較傻，你就不要惹她了。」

「谷子，要不然這樣吧，我用小小和你換。」

這句話彷彿一把飛刀，徹底割斷我頭腦中那根名為理智的弦。我用力拉開門，衝了出去。

從他們的表情來判斷，我這個出場方式是相當威風的。

我走過去，一把抓住老六的手臂。也不知道他是不是被嚇傻了，一點反應都沒有。於是我把他的手臂繞過肩膀，跨出一步，彎腰運氣──「轟」地一下，老六被我摔在地上。

這傢伙捂著後腦勺仰頭看我，眼神中竟然透出一股委屈。

我冷哼一聲，大步離開。

宋若谷似乎也被我震懾住了，他跟在我身後走出來，一句話也沒說，始終和我保持著三步之外的距離。

小小看到我們，詫異地問道：「六哥呢？」

這小女生單純又漂亮，我實在不忍心眼睜睜地看著她被老六那傢伙禍害，於是語重心長地說道：「妹妹啊，相信我，妳男朋友一點都不在乎妳。」

「啊？」小小睜大眼睛看著我，有點困惑。

我只好咬牙說出真相，「他竟然想把妳換給宋若谷！」

小小的臉一下子就紅了。我以為接下來她會委屈垂淚，都做好勸解安慰小美女的準備了，沒想到這妹子支支吾吾了一會兒，最終目光飄向宋若谷，轉而對我說：「要不然妳就答應好嗎？」

「！！！」我覺得我很有必要去做個檢查，確定我最近遇到的事、聽到的話其實都是幻覺。

身後傳來宋若谷的笑聲，我回頭瞪他。

「抱歉，忍不住。」宋若谷笑得很欠扁，語氣中聽不出半點抱歉的意思。

我覺得再這樣下去我也要跟著變態了，趕緊收拾東西離開。小小淚眼汪汪地欲言又止，好像我蹂躪了她一樣。我的雞皮疙瘩都快起來了，實在不知道要怎麼和她溝通。

還是變態更理解變態的想法，宋若谷故作親暱地攬著我的肩膀，對小小說道：「我是不會答應的。」

小小果然低下頭。真是的，原來她還惦記著這件事！

走出體育館，外面的陽光都比平時可愛許多。我深呼一口氣，暗暗下定決心，再也不來這裡了。

宋若谷突然說道：「我說的是真的。」

「啊？」突然沒頭沒尾的一句話，你要我怎麼理解？

他解釋道：「我不會答應老六的。」

我明白他指的是什麼，隨即哼道：「你還說呢，也要我同意啊。開玩笑，把我當什麼了，想送誰就送誰？」

「這倒也是。」

我停下來，仔細打量宋若谷，搖頭嘆道：「說也奇怪，你的魅力到底在哪裡？怎麼那個小女生那麼快就看上你了呢？」除了臉蛋和身材極具欺騙性，性格人品這部分簡直就是個渣男。

宋若谷答道：「看上我的人很多，妳可以做個抽樣調查。」

雖然這回答要多欠揍就有多欠揍，但要命的是，他說的是事實。我咬著牙，想幫自己找回一點面子，便說道：「追我的人也不少。」通常我把大於等於二的數字都定義為「不少」。

他沒有反駁，而是後退一步，摸著下巴鄭重其事地盯著我看，最後目光停留在我的腿上，微微點頭：「確實不錯。」

很平常的一句話，卻讓我有一種古怪且被調戲的羞澀感。我摸著鼻子輕飄飄地說了一句：「難得你這個腦回路不正常的人能得出這麼正常的評價。」

宋若谷微微挑眉，「我不正常？」

我誠懇地點頭，「嗯，而且是那種扳都扳不回來的不正常。不過你可以放寬心，因為我發現這世界上你的同類還頗多的。」

宋若谷若有所思，「那麼突然從天而降在男廁所，然後把一個大男生揍翻在地的女人，到底算有多正常？」

「……」就知道他不會忘記這件事。

「所以，妳才是我的同類。」他無情地總結道。

第四章

晚上我去找史路蹭飯吃，他正坐在電腦前打電動。

這小子一直沒住校，自己在學校附近租房子，據說是因為實在受不了某室友的無敵臭腳。他曾經用榴槤和臭雞蛋來比喻這種生化武器，從那之後我再也不吃榴槤了。

我光腳站在客廳的沙發上，像是弱智兒童一樣用力跳，一邊跳還一邊問史路：「史路史路，我的腿好看嗎？」

史路放下滑鼠，緩慢地轉過身來。他把下巴墊在椅背上，認真地盯著我看，似乎是一個很難回答的問題。

託宋若谷和老六那兩個變態的福，我現在自信心爆棚。反正女人不會不喜歡自己漂亮。

我學著電視裡的模特兒擺了幾個姿勢，朝他拋了個媚眼，「好看嗎好看嗎？」

史路眼皮一跳，「紀然，妳這是在勾引我對吧？」

我腳下一絆，很沒形象地摔在沙發上。

也不知道史路在腦補什麼，總之他傲嬌地一轉頭，「妳死了這條心吧。」

我無力地趴在沙發上，「是，一定為您死得徹底。」

其實我很想和他說，跟他在一起時我從來沒把他當成男生，所以也不存在什麼勾引不勾引的問題。當然，他好像也沒有把我當女生看。

總之一句話，我堅信我們的性取向保持著高度的一致性。

史路這小子做飯很好吃，不僅好吃，而且還……嗯，他喜歡把午餐肉切成心形鋪在盤子中，會把咖哩飯淋成一盤笑臉，還經常做兔子、小貓這些形狀的糕點。

我對著一隻小兔子目露凶光，一勺挖掉它的半張臉。

史路的臉部表情略扭曲。

我一邊吃飯一邊跟史路講了今天在體育館裡發生的事情。史路聽了之後反應卻很平淡，他說：「看不出來妳還滿有市場的。」

「你不覺得老六太……那個了嗎？」一想到他竟然能想出換女朋友這種事我就惡寒，再想到他盯著我意淫，我就更加惡寒。

「哪個？妳是說私生活太亂？這倒是。」史路點頭，「他這種人放在四十年前就是流氓罪，可現在都什麼年代了。妳沒看出來嗎？人家男的女的一個願打一個願挨，妳只要別招惹這種人就行了。妳也不用有什麼心理負擔，我猜他們都是能玩的，也不會喜歡勾搭妳這種貞潔烈婦。」史路說得一本正經，讓人一點也無法把此時的他，和那個少女懷春的娘娘腔聯想在一起。

他說得有道理，不過「貞潔烈婦」這種詞還是讓我滿頭黑線。我摸著下巴，謙虛地低頭，「不敢當啊不敢當。」

史路夾了一隻雞翅到我碗裡，「總之妳和他們不是同一類人，有多遠就躲多遠。還有那個宋若谷，我看也不是什麼好鳥。」

我咬著雞翅用力點頭，完全贊同。

史路一提宋若谷，就皺起了眉頭，他問道：「妳和那個宋若谷到底是什麼關係？最近也不知道是哪裡刮來的一陣妖風，說你們倆愛得死去活來的，我真想見識一下死去活來是什麼狀態。妳回答我啊！」

我？他？還死去活來？啊呸！

想到那個變態我就胃痛，一著急就把口中的骨頭咬得嘎嘎作響。史路震驚地看著我，他小心地把那盤雞翅推到離我最遠的位置。

「你們到底怎麼回事？」史路問我。

看著他那因好奇而略顯饑渴的眼神，我只好把前因後果跟他說了一遍。所謂密友就是閨密，就是閨中無祕密。

史路聽完我的話，婉轉地表達對我的鄙視，「妳早晚會把自己賣掉。」

因為在史路那裡飽餐了一頓，外加一場獨特的史路式洗腦，我的心情好了起來。史路這人特別會勸人，他的口才不在於咄咄逼人，而在於潤物無聲，這才是他的恐怖之處。只要他想，他可以邊聊天邊洗腦你。

其實他今天說的很有道理。仔細想想，還真的沒什麼了不起的，我的反應確實有點激烈，我這樣不是沒見過世面嗎？

史路說，這就是一個群魔亂舞、妖孽橫行的時代，我們要做的不是改變別人，而是守住自我。

第二天我再看到老六時，心情異常地淡定。

是他主動找到我的，為了道歉。

結果道歉就道歉吧，還非要把我拉到咖啡廳，我都跟他說了我不在意他也不信。其實這也可以理解，任誰被結結實實地摔上一下，也不會相信這是「不在意」的意思。

老六痛苦地陳述他的內心獨白給我聽，中心論點是「論色迷心竅如何導致胡說八道」，那表情假得要死，只差聲淚俱下了。

我攪動著手中的小湯匙，儘量表現得真誠且大度，「沒事沒事，知錯能改，善莫大焉。只要你以後別亂來，就還是能繼續當朋友。」

老六顯然已經進入狀況，越說越上癮，「紀然，我是真的……」

我啪地一拍桌子，「有完沒完啊你！」

老六再次受到驚嚇，他的喉嚨動了動，把剩下的話咽了回去。看來他要說的很多，所以咽了好一會兒。

然後他小心翼翼地看著我，彷彿我下一秒又會跳起來給他來個過肩摔似的——事實上，接下來他的話確實讓我有這種衝動。他說：「那我以後還能追妳嗎？」

我咬牙，「追你妹！」

「我沒有妹妹。再說就算我有，也不能追她，要不然就是亂……」

「老六。」我打斷他。

「咦？」

我捏著杯子，「上一次，也是這個地方，也是這種咖啡，我一不小心在宋若谷的臉上潑出一幅抽象畫，非常有意境。」

老六警惕地坐直身子。

我看著他，微微一笑，「你要不要試試？」

老六趕緊搖頭，那速度不像是人類能夠達到的。

我放下杯子打算離開，這時候老六又低聲說了一句：「可是谷子明明就不喜歡妳，我為什麼不能有點機會呢？」話裡帶著一點委屈。

他一說起這件事，我就想起一個問題，坐回去問他：「話說，你是怎麼看出宋若谷不喜歡我的？」

一說這個，老六倒是有了點自信，「我和他一起長大，而且男人比較懂男人的想法。再說，長這麼大，我就沒看到過他喜歡什麼人，男的女的都算。」他用那種「妳死了這條心吧」的表情看著我。

我自動忽略掉他最後那半句，問道：「那秦雪薇呢？她不是他女朋友嗎？」

「妳還是他女朋友呢。」

「你的意思是……宋若谷根本就不喜歡秦雪薇？」

「對啊，很奇怪嗎？」

「當然奇怪，明明不喜歡為什麼還要在一起？」

「因為他們應該在一起。」

「……」我無言。這是什麼邏輯，怎麼談個戀愛還有應不應該的？

老六看出我的困惑，「他們兩個很配，長輩也希望把他們湊在一起。況且這兩人各自也沒什麼喜歡的人，所以嘍。」

我明白了，不就是父母之命嗎？怪不得我之前總覺得怪怪的，還想著這對怨偶因愛生恨、一生糾纏什麼的，結果這兩人根本就沒怎麼談戀愛，可能就想著到時候去登記後生小孩，組建一個人人稱羡的模範家庭。

果然偶像劇看太多的其實不是史路，而是我吧？

可是如果真的是這樣，那我的身分就比較尷尬了。作為炮灰，我的任務不就是讓秦雪薇吃醋吃醋再吃醋嗎？可人家根本就不喜歡宋若谷，到頭來也只是我一個人在演戲，玩什麼啊？

我有一種上當了的感覺。

老六見我一直不說話，便問：「紀然，怎麼了嗎？」

我回過神問他：「那我和宋若谷到底是什麼關係，你其實很清楚？」

「差不多吧，我說過我比較了解谷子的想法。」

「喔。」我有點失落，全力以赴去做一件事情，到頭來其實是一場空，無論是誰都會失落吧。

「不過妳也用不著沮喪，據我對秦雪薇的了解，她是個特別會逞強的人，妳搶了她男人，她不會善罷甘休的。」

我點點頭，「謝謝你。」

老六又不死心地問道：「那等妳功成身退之後，能給我個機會嗎？」

「到時候再說吧。」我想到那時候你也沒這個熱情了。

晚上宋若谷再次拉著我去念書，這次沒有遇到秦雪薇。

自習室裡很安靜，我就坐在他旁邊，卻非常欠打地用訊息跟他說話。

我問他：你到底喜不喜歡秦雪薇？

宋若谷看了看手機，隨即抬頭莫名其妙地看了我一眼。然後他也跟著發瘋了，傳了一串刪節號給我。

我不死心地瞪著他，他只好低頭又回覆了一句：很重要嗎？

果然如此，這人是有多冷血，面對秦雪薇這樣的大正妹竟然都不動心，難道是有什麼心理隱疾？又或者有什麼生理隱疾……

想到後面的可能，我不禁猥瑣地笑著，越想越歡樂。於是宋若谷不高興了，危險地看著我。

他繼續發著瘋，又傳來一句話：怎麼了？

我飄飄然地把自己腦補出來的那句話傳出去：你是不是有什麼生理隱疾？

一傳出去我就後悔了，在男生看來，這種話簡直就是最嚴重的挑釁。果然，宋若谷看到這句話之後，臉立刻塌了下來，他陰鬱地看著我，眼睛一眨也不眨，似乎打算用目光在我身上燒出洞來。

我打了個寒顫，在雷射灼燒般的壓力中厚著臉皮，再傳一句：不好意思，傳錯了。

但是宋若谷一點面子也不給，他不看手機了，就那麼陰森森地一直看著我。

好吧我承認我沒出息，現在我是真的有點怕了，主要是這變態讓人不放心，沒事還要折磨我一兩下呢，更何況現在……我偷偷看了看他，決定開溜。

但是宋若谷跟著我溜出來了。他推著腳踏車跟在我後面，像個色狼跟蹤狂一樣。

我簡直要被自己強大的想像力逼瘋了。

氣氛有點詭異，我們倆誰都沒說話。到了我宿舍樓下時，宋若谷終於賞臉開口。他說：「妳要不要試試？」

我的記憶曲線比較短，現在光顧著緊張了，根本沒反應過來他是什麼意思。於是我像隻傻蛋哈士奇一樣歪著腦袋看他，滿臉求知欲。

宋若谷摸了摸我的頭，動作極其溫柔，卻令人膽寒。他湊近一些，在我耳邊低聲說道：「我到底有沒有什麼隱疾，妳想不想試試？」他故意壓低的聲音顯得華麗而有磁性，簡直有一種勾魂的味道。我先是心神一晃，才反應過來他話中的意思。大概是他的呼吸太熱，噴到我耳旁時，我感到一股燥熱從耳根子開始迅速爬滿我的臉頰。

宋若谷臉上綻開笑容，想來是太過開心，他的笑容裡散發著一種輕快又燦爛的氣息，讓人看了無端就跟著愉悅起來。

我摸著發燙的臉頰，看著他離開的背影。等臉上的熱度退卻，我終於意識到一個嚴重的問題：我被調戲了。

而且我剛才的反應真是沒出息，簡直……正中他下懷。

又有訊息傳過來，我打開一看，是宋若谷。他傳來一串笑臉，是一串，而不是一個，可見這人有多開心。

從此以後，除了「變態」之外，宋若谷又被我加上「悶騷」的標籤。而且我發現，越悶的男人往往就越騷。這世界真可怕。

◇

我本來是打算和宋若谷仔細探討一下，在兩個人沒啥激情的情況下，要怎樣把他們重新湊在一起，但是話題才開了個頭就已經徹底跑題。於是我只好獨自戰鬥，苦思冥想要怎麼改進工作方式，提高工作效率。

我已經徹底搞清楚現在面臨的問題了，其實說複雜也複雜，說簡單也簡單。雖然沒有愛情，但宋若谷和秦雪薇兩人註定要在一起，現在分開不就是因為吵吵小架，然後拉不下臉嗎？老六說得很有道理，秦雪薇是很好勝的人，我多在她面前晃晃，多刺激刺激她，只要堅持下去，一定會有療效的。

其實這件事我覺得宋若谷小心眼了一點，情侶之間哪有不鬧彆扭的，不管誰對誰錯，總得有一個拉下臉來說和的人，這種事還是男生來做比較好。

現在倒好，繞了這麼大一圈，他倒是不用擔心面子問題了，卻讓我天天煩惱要怎麼挑戰冷豔女王。如果不是看在金玄劍的面子上，我一定會用拖鞋狠狠地打宋若谷那張帥臉。

然後我又仔細分析了一下接下來挑戰秦雪薇的方法。接著我就悲傷地發現，我真的沒什麼拿得出手的技能，除了體育成績。但對一個女孩子來說，四肢發達什麼的真的不適合拿出來炫耀。

我很哀傷。

我想我可以試著在言語上激發秦雪薇的好勝心，逼她把宋若谷搶回去。但事實證明我大錯特錯。秦雪薇是誰啊，校辯隊的選手，僅次於史路那洗腦大師的存在，也不知道她口才是跟誰練的，那一口小鋼牙就像是染了毒，三言兩語就能讓我這種菜鳥倒地不起。

比如，我說：「長得漂亮有什麼用。」

她說：「比不漂亮有用。」

我說：「還不是會被男朋友嫌棄。」

她說：「二等貨和二手貨才是絕配。」

我說：「裝什麼冷豔高貴啊。」

她說：「羨慕嫉妒恨倒是不用裝。」

我「……」

最後我得出一個結論，跟秦雪薇吵架簡直就是自取其辱。但是我也贏過一次，因為當時史路在場。那是一場關於量子力學的講座，我和史路在會議廳門口遇到秦雪薇。這次是秦雪薇主動發起挑釁的。

她說：「妳聽得懂嗎？」

慚愧慚愧，我還真不知道自己聽不聽得懂，至少史路解釋給我聽時我就不懂。但是我也不知道要怎麼反駁她。

史路開口了：「能聽懂的女人才恐怖吧，難怪妳沒人要。」

秦雪薇臉部表情略微扭曲，她張了張嘴，最終說道：「娘娘腔。」

史路淡定道：「是，我是娘娘腔，妳才是真男人，大老爺。」

秦雪薇捏著拳頭，目露凶光，「去死吧。」

史路惋惜地搖頭，痛心地看著她，「妳已經墮落到只能人身攻擊了嗎？我不屑與妳為伍。」

他說著，拉著我離開。

我偷偷回頭看秦雪薇，她站在原地看著我們。說實話，我覺得鬥嘴時的秦雪薇不令人討厭，反而顯得活潑可愛，我要是男人一定會喜歡她。於是我不禁再次感嘆，宋若谷怎麼就那麼不開竅呢……

第五章

學生會要聚餐，去的人不少。宋若谷也是學生會的，於是我就大搖大擺地作為眷屬前去蹭飯了。

宋若谷雖然天生一張冷臉，但還算有風度，話不多，卻也總能照顧到別人的面子，不至於因為冷臉而冷場。由此可見他是個有教養的變態。

長得帥、家境好、懂人情，於是宋若谷成了學生會最受歡迎的男生之一，在飯桌上被團團圍攻，少不了一頓猛灌。我坐在他旁邊，捧著杯涼茶看著他一杯杯喝下，別的先不說，這小子還滿能喝的，雖然小臉越喝越白，但目光清明，一點都沒醉。

宋若谷突然坐下來，他勾著我的肩膀，偏過頭湊到我耳邊，姿態很曖昧。帶著酒氣的火熱呼吸噴到我耳邊，我的臉龐又開始發熱了。

華麗的男低音再次響起，他說：「作為女朋友，妳至少該夾點菜給我吧？」

「幫男朋友夾菜」的意識經過兩三秒鐘才在我的大腦中形成清晰的信號，我後仰著頭，打算離這個危險源遠一點，然後舉著筷子往他盤中胡亂夾了點東西。
結果他還得寸進尺了，「魚有刺。」
「廢話，沒刺的是泥鰍。」我才不理他的暗示。
「知道嗎，紀然，」他又湊近一些，「我就喜歡看妳害羞的樣子。」
「……」
見我沒說話，他說道：「只有這個時候妳才像個女孩。」
意思是其他時候都不像了？
就知道這變態說不出什麼好聽的話。此時比起想說什麼，我更想做點什麼。於是我拿著不鏽鋼的餐叉在宋若谷面前比劃，往哪裡插好呢……
我還沒找好行動目標，卻聽到周圍赫然掀起一陣起鬨聲：「親一個！親一個！」
我的手一軟，叉子掉在桌上，碰撞的響聲被醉鬼們的起鬨聲掩蓋過去。我環視周遭，許多人歡快地鼓著掌，還有人用力敲盤子助興。他們的聲音越來越大，連餐廳服務生都來圍觀。
再看看宋若谷，他離我很近，一手攬著我的肩，幾乎要把我拉進懷中。大概是因為喝了酒，他的臉白得幾乎沒了血色，如玉般潔白溫潤。他的目光有點迷離，到底是染上了醉態。
他似笑非笑地看著我，在嘈雜的聲音中顯得異乎尋常的安靜。
場面有點尷尬，親不親都不太合適，裝暈也許是最好的解決辦法。於是我抬起手想按住頭，沒想到卻在中途被他抓住。

他將我的手拉到面前，低頭在我的手背上印下一吻。

我的心微微顫動，臉又不爭氣地燒起來。這可是老娘我第一次被男生親，手也算！

就這麼簡單的一個動作，就讓圍觀群眾們的情緒達到高潮，尖叫聲此起彼伏。不得不說宋若谷這樣處理很恰當，既不會因為太放不開而顯得清高，又不至於因為太放得開而顯得輕浮。

宋若谷親完之後，笑咪咪地看著我。不用他張口我也知道他那目光是什麼意思。

——我就喜歡看妳害羞的樣子。

——只有這個時候妳才像個女孩。

你妹！老娘不用像，老娘一直都是好嗎！

不再理會宋若谷，我起身去了趟洗手間，回來時看到另一桌的秦雪薇在和學生會主席喝酒。看來這人也是女中豪傑一枚。也不知道我這是第幾次和秦雪薇狹路相逢了，我發現她對我的態度不是嫉妒吃醋，更多的是鄙視和不屑，彷彿看多了會反胃。

不過我今天不打算找碴了，事實上我最近找碴找得很無力，秦雪薇就是披著一身黃金戰甲的聖鬥士，我這點火力不夠看的。

因此我目不斜視地從她旁邊走了過去，可事情偏偏就那麼巧，也不知道地上被誰灑了什麼東西，很滑，我沒看到，一腳踩上去——

還好我反應快，隨手抓住旁邊人的手，這才勉強站穩。再一抬頭，那人不是別人，正是秦雪薇。由於我的突然襲擊，她手中的啤酒灑了大半，滴滴答答地淋在她的手上、裙子上、高跟鞋上。

很不好看。

我真的不是故意的。目前為止，不管我有多想刺激她，也不會動手，因此我打算誠懇地道個歉，「對……」

啪！

我只感覺腦袋嗡地一聲，頓時眼冒金星。因為她那一巴掌使出了十足的力道，我的頭被打得偏向一邊，臉上火辣辣地疼。

我捂著臉，茫然了好一會兒才反應過來，我這是被揍了。而且是當著很多人的面，直接往臉上招呼。

我不是溫婉的小綿羊，不可能就這樣忍下去。我和這人雖然積怨已久，而且今天拉她一下確實是我的不對，但這所有一切和打巴掌還是有本質區別的。我媽把我生下來，不是為了讓別人打臉的。

我怒不可遏地衝上去要打回來，但我們倆都被人攔著拉開了。秦雪薇板著臉看我，眼中閃過一絲快意。

我是真的火了，奈何按著我的人很有一套，無論我怎樣掙扎都掙脫不開，只能眼睜睜地看著秦雪薇被人拉著離開，越走越遠。

「秦雪薇。」突然有人叫了一聲，聲音不大，卻足以讓所有人聽到。宋若谷站起身，向秦雪薇走去，他說：「妳給我站住。」

秦雪薇冷著臉看他，沒說話。

我捂著臉，發現這戲碼有點眼熟。難道這是破鏡重圓的前奏？我處心積慮那麼久都沒成功，今天這是要歪打正著嗎？

可是我心中又有一點不快。老娘被打耳光，換來你們的大團圓。炮灰雖然命苦，但也不是這麼個苦法。

我不管你們團圓還是團扁，總之今天這筆帳我記住了，早晚有還的時候。

另一邊，宋若谷已經走到秦雪薇面前，他拉住秦雪薇的手。我以為接下來會看到狗血扭轉劇，然後我就可以功成身退，默默思考怎麼報仇了。但是天不遂人願，兩個男同學似乎以為宋若谷要發酒瘋引發什麼鬧劇，怕場面不好看（其實已經很不好看了），非常不體貼地把他拉開了。

另外兩位女同學護送著秦雪薇迅速撤離。宋若谷被人架著，竟然還能中氣十足，他朝秦雪薇高聲喊道：「妳給我回來！」

下一秒她們就轉身下了樓梯，不見了。

多麼撕心裂肺，多麼盪氣迴腸，多麼黯然神傷……啊呸！

第二天上午沒課，我睡到中午才起床，下樓覓食時看到宋若谷，像是在等人。他臉色蒼白，神色疲憊，一看就是昨天晚上喝多了，現在還在宿醉中。

昨天晚上經過那件事之後，我很快就離開了，至於宋若谷是什麼時候走的我也不清楚。而且我覺得他和秦雪薇的破鏡重圓之旅已經開了頭，接下來就等他們誰要先向前走一步了，多簡單！再說了，秦雪薇那麼生氣還打我一巴掌，肯定不只是因為我灑了她的酒，多半是因為我這些天總在她面前得意，導致她看我不順眼，怒氣積攢起來，藉著酒勁就爆發了。這說明她對宋若谷多少還是在乎的，不管出發點是什麼。

那麼今天宋若谷站在這裡，不會是在等秦雪薇吧？難道他們已經成功了？這麼說，我就不用摻和這兩個變態的煩心事了？也就是說我只需要抱著我的金玄劍思考一下，怎麼把那一巴掌還給秦雪薇就ＯＫ了？

我越想越遠，直到宋若谷用手指戳了一下我的腦袋。他皺著眉頭看我，「在想什麼？」

「沒，你在等秦雪薇啊？恭喜恭喜，我先走了，拜拜！」我是真的一眼都不想看到他以及他們了。

宋若谷卻攔住我，「我在等妳。」

「等我做什麼？」

他說得理所當然，「等妳吃飯。」

我完全愣住了。先不說他等我的必要性，我先分析一下可行性……

「你怎麼知道我會在這時候出來吃午餐？」

「根據妳的課表、作息時間、飲食習慣以及各類社交平臺上的內容來推測。」

「有那麼準嗎？」

「從結果上來看，準確度還行。」

我無力吐槽，「打個電話會死嗎！」不用搞得這麼複雜吧。

他有力地還擊，「打電話不會死，但是開機也許會死。」

「……」我好像真的忘記開機了。我抓了抓頭髮，怒道：「就算這樣，你為什麼來找我？怎麼不去找秦雪薇？」這話說出來真彆扭，搞得好像我在吃醋。

宋若谷有點茫然，「我找她幹嘛？」

哈！昨天演足了苦情戲碼，今天馬上忘得一乾二淨。這人不會是人格分裂了吧……

宋若谷似乎想起了什麼，他拍著我的肩膀，語重心長地說：「妳的任務還沒完成，再接再厲。」

我甩開他，「別裝了，你昨天的深情挽回可是催人淚下喔。」

「我？深、情、挽、回？」宋若谷一字一頓，似乎難以相信。他沉吟了一會兒，說道：「妳想太多了，我只是想叫她跟妳道歉。」

「但她根本沒道歉。」

「嗯，確實，對不起。」

他說得這麼乾脆，我倒不好意思再糾纏了。算了算了，也不知道這筆爛帳怎麼算，現在要緊的是先填飽肚子。

但是有句話說得好，所謂「踏破鐵鞋無覓處，得來全不費工夫」。就在我碎念完宋若谷一頓，吃得肚子圓滾滾，正被他拉著在校園裡散步消化時，陡然看到秦雪薇就在我的正前方。

今天剛下過一場雨，空氣清新。秦雪薇穿著一襲白裙，長髮如瀑，髮絲和裙襬在雨後的微風中輕揚，加上她身材曼妙，姿態優雅，就像是仙女下凡。路人不分男女老少，紛紛側目，有的還舉著手機，明目張膽地偷拍。

我對宋若谷說：「你站在這裡別動。」

宋若谷竟然很聽話。

然後我像一枚炮彈一樣衝向秦雪薇，五公尺，四公尺，三公尺，兩公尺……

因為剛下過雨，所以路邊有不少髒兮兮的水窪。眼看著秦雪薇正打算躲過一片水窪，我傲然抬起腳，看我的！

白衣仙女以一種下凡投胎的姿勢，一頭栽進泥水裡。

仙女艱難地從泥水裡爬起來，此時她已經成為一條盛裝打扮的巨型黃鱔。

秦雪薇看到我，發出震天怒吼，「紀～～然！」

「美女妳好，美女再見！」說完，我轉過身拔腿狂奔。宋若谷正目瞪口呆地看著我們，本著能幫一把是一把的友好精神，我只好拖著他一起跑。

秦雪薇別的在行，論跑步她還真不是我的對手，更何況今天她為了增加仙女效果，還穿了細跟高跟鞋。我現在總算明白我那孤高的體育課成績意義何在了。

我和宋若谷跑了一會兒，秦雪薇就被我們甩在身後，不見人影。而且這場追逐還造就一個轟動效果，穿著白紗裙、踩著細高跟鞋的曼妙少女裹著一身泥巴，迎風奔跑，這是多麼讓人錯亂的畫面！又是多麼令人費解的行為藝術！

同學們紛紛議論，這年頭，人為了紅，可是什麼事情都做得出來！

據說還有個搞不清楚的男生騎著腳踏車，遠遠地看到一長髮白裙的窈窕女生在奔跑，要多唯美就有多唯美，於是此男奮力騎著腳踏車，終於可以看到正面時——天啊！

當場陣亡。

甩掉秦雪薇之後，我和宋若谷都不太累，但我剛吃完飯就這樣劇烈運動，肚子難免難受。宋若谷只好又把我帶到校內診所，開了點藥。這不是重點，重點是幫我看病的那個醫生太帥了，不是宋若谷那種年輕、線條完美的帥，也不是史路那種精緻的帥，而是很有氣質；當然也不像是宋若谷那種貴氣，而是溫柔、善解人意，能把任何東西融化，如春風一般溫暖的氣質。

我當時就走不動了，捂著肚子非要他好好幫我看一下。

帥哥醫生讓我躺在床上，在我肚皮上按，一邊按一邊問我痛不痛。我的思緒飄得太遠，也不知道都回答了些什麼。

醫生站起身，讓我把衣服放下來。他說：「應該是吃太多了。」

「……」我羞憤難耐。

宋若谷不合時宜地笑出聲來。

我不甘心地坐到醫生對面，「醫生，您再幫我看一下，我還有什麼其他毛病。」

他低頭開著藥方，「沒別的，妳身體很好，至少腸胃是這樣的，」他抬起頭來，又溫和地笑了笑，「不過以後要注意飲食，不要吃太多。」

我不死心，指向宋若谷，「要不然，您再幫他看看？」

帥哥醫生看向宋若谷，與此同時宋若谷也看向他，兩個人對視了好一會兒，也不知道他們透過目光交流了什麼。最終醫生把處方箋遞給宋若谷，「一天三次，飯後吃。」

宋若谷接過處方箋，道了聲謝，拉著我走出房間。一走出來他就樂不可支，問道：「妳喜歡這種類型的？」

「關你什麼事。」

「妳死了這條心吧。」

「關你什麼事。」

「因為妳是我女朋友。」

「去死。」

拿了藥後，我心想是不是以後吃撐了都可以來這裡看帥哥……正想著，抬頭看到宋若谷那個得意的表情我就生氣，於是我說：「下次醫生幫我檢查的時候，你不要看。」雖然只是腹部，但也有點難為情，更何況他還笑場。

宋若谷卻不以為意，「妳可以看回來。」見我沒說話，他又補了一句，「我有腹肌，妳不吃虧。」

我只好從善如流地順著他的話耍流氓，「能摸嗎？」

「能啊，不只腹肌能摸，還……」

「閉嘴！」

我怎麼會笨到去對一個流氓耍流氓。

第六章

下午上課時，我才發現我和秦雪薇的梁子結得有點大。對於我這種沒臉沒皮的人來說，丟個人啊、被圍觀啊都不算什麼，但是對臉面大於天的美女、冷豔界的翹楚，那可是要命的事。

因此一整個下午我都坐立難安，沒辦法，秦雪薇的目光太赤裸裸了，簡直像是要直接把我咬死。我堅信，她之所以沒有立刻報復我，完全是因為她想把事情鬧大，然後找個合適的時機、合適的地點把我整得生不如死。

這可如何是好！

傍晚下課，我戰戰兢兢地和宋若谷吃了飯，卻不敢回宿舍了。秦雪薇的寢室就在我隔壁，我真怕晚上回去一推開門，看到的是秦大美女磨刀霍霍的場面。

我被自己的腦補嚇出一身冷汗。

無奈之下，我只好找史路求助，想看看我能不能先去他那裡躲一晚，結果這傢伙回答說他現在去其他地方見網友了，不知道什麼時候回來。而且他還在電話裡喋喋不休地嘮叨說他都吃了什麼，害我很想問問他，你的網友好吃嗎？吃起來是酸的是甜的？

所以說，每一個倒霉的女生背後都有一個不可靠的閨密。

宋若谷也明白了是怎麼回事，他說：「我幫妳訂個房間吧。」

我假惺惺道：「那怎麼好意思啊。」

「不好意思就算了。」

「閉嘴！」

他訂了三星級的旅館，看起來不錯，當然，價格更「不錯」。不過沒關係，反正我的靠山很大尾嘛。況且我和秦雪薇的各種恩怨源頭就是宋若谷，我現在以女朋友的名義花他點錢一點都不奇怪。

我們在旅館櫃檯竟然遇到熟人，確切來說是宋若谷的熟人，我在學生會聚餐時見過。他和一個女生手牽著手走進來，看到我們時說了一句：「你們也來了？」

我傻乎乎地點頭，「是啊。」

等看到那男生心照不宣的表情以及女生羞澀地低下頭，我突然領悟了。

「咳咳，不是，那個……」我還真不知道要說些什麼好，越辯解越說不清。

「是啊，玩得愉快啊！」宋若谷拿著房卡朝他們示意了一下，拉著我轉身上樓。

「喂喂喂，他們誤會我們了。」我簡直就是被宋若谷拖著走。

「那又怎樣，妳又不會少塊肉。」

「可是……」

「不用可是，有些事情只會越描越黑，再說，」他停下來，不滿地看著我，「跟我開房間妳好像很委屈？」

……難道我應該很榮幸？

我以為宋若谷會把我扔進房間就走，但他竟然坐在床邊看起電視。不知道那是個什麼節目，兩隻山羊在擂臺上撞啊撞的，周圍許多淳樸的村民們賣命地在鼓掌。

我聽說過鬥牛、鬥雞、鬥蛐蛐，就是沒見識過鬥山羊的。

宋若谷倒是看得津津有味，這人的口味還真是獨特。

我碰了一下他的手臂，「換台。」

他按了兩下遙控器，換到動物頻道。一個渾厚的男低音在講述公獅子和母獅子製造獅子寶寶的所有過程。

「換、換一個。」

一個大眼、尖下巴的女人在對著鏡頭哭啊哭，一邊哭一邊說你為什麼不愛我。

「再換。」

一個軍人在草原上狂奔，身後不遠處有一整排的人追著他放槍，但就是沒一槍打中，倒是那英勇的軍人一回頭，一槍一個，槍槍爆頭。

「……換。」

相親節目。

「換。」

選秀節目。

「換。」

電視廣告。

「換。」

最後宋若谷把電視一關，將遙控器扔給我，「玩點別的吧。」

我著急了，「不是，你怎麼不走啊？」

他奇怪地看了我一眼，「我為什麼要走？」

「……」這到底是什麼情況！

宋若谷不理我，掏出一本書靠在床頭，一本正經地讀了起來。

我一腳站在地上，一腳踏在床上，說道：「大爺，小的我賣藝不賣身，您哪裡涼快哪裡去好不好？」

「剛進來就出去，別人會怎麼看我。」

這變態的腦回路果然異於常人，想人所未想。可要命的是，我竟然聽懂了。

懶得理會他，我乾脆到旁邊上網。玩了一會兒，突然聽到身後「喀嚓」一下按快門的聲音，我扭過頭，看到那變態正舉著我的手機對著他自己的腹部拍，他把T恤掀起來一半，露出結實的腹肌。

「我是一個正直的人，」他放下手機，說道，「所以要補償妳。」

能把「正直」一詞用出這麼豐富的內涵，此人有才得讓人想捏死他。

無力吐槽，我只好繼續上網，在論壇裡發了篇貼文，叫做「解密我的極品男友，我一直懷疑他是外星人」。我把宋若谷做的奇葩行為稍加處理，隱去會暴露隱私的一些細節，都寫了上去。本來只是發洩一下，沒想到回覆的人還很多，很快這篇貼文就成了熱門，還被推薦到論壇首頁。我瞬間得到了鼓勵，卯足了勁繼續寫，不知道是圍觀群眾跟著起鬨還是別的什麼原因，反正貼文裡認同宋若谷是外星人的回覆還真不少。

我這一寫就忘了時間，等到睏意襲來時，赫然發現已經過了十二點。我回頭看看宋若谷，他已經睡著了。書扔在一邊，他歪著腦袋靠在床頭，兩條長腿交疊，筆直地鋪在床上。睡著的他脫去白天那種詭異的氣場，顯得順眼了不少。

但也不能這樣，這房間裡就一張床，你說孤男寡女的……多不好啊，我只好過去搖他，希望能把他搖醒，可是無濟於事。我又捏他鼻子，但是他還有嘴，張著嘴呼吸還是睡得很爽。我另一隻手捂住他的嘴，這下你沒辦法了吧？看你能用腳呼吸嗎？

他沒有用腳呼吸，而是掙扎了一會兒，然後就身體一鬆，不再反抗。

我嚇了一跳，不不不不會掛了吧？我抖著手伸到人中一探，還好，還有呼吸。

可是到底要怎麼把這位大爺弄醒啊？

無奈之下，我站在床上抬腳踢他，踹他洩憤。咚的一下，他被我踹下床。

算了，睡成這樣，看來他對我圖謀不軌的機率應該很低。想了想，我還是不放心，打算找東西把他綁起來，這樣就算有心也無力了。

可是要用什麼綁呢？這家旅館東西滿齊全的，但就是沒繩子。也是，萬一哪個客人看到繩子突然心血來潮上吊什麼的……我抓抓頭髮，把自己的思緒拉回來。我這胡思亂想的毛病什麼時候能改一改。

話說目前這個情況，最適合綁人的東西就是宋若谷的腰帶了。

我現在也不擔心這死豬會醒過來，豪邁地去解他的腰帶，動作極其奔放。但是他這腰帶也不知道是哪個腦殘設計師設計的，簡直就是個機關，我弄了半天才明白是怎麼回事，終於解開了。

我摸著下巴嘿嘿笑著，冷不防一扭頭，發現宋若谷睜著眼睛，面無表情地看著我。

我嚇了一跳，丟下他坐在地上。其實我膽子不小，但是大半夜的突然發現這個人是活的，不對，是醒的，總會讓人心裡毛毛的。

宋若谷的目光下移，看見自己被解開的腰帶，「妳……」

一個男人，剛睜開眼睛時發現有個女的趴在他身上解他腰帶，不管是誰都會想歪。我趕忙搖手辯解，「你你你別誤會，我就是想把你綁起來。」

「喔，」宋若谷意味深長地看著我，「沒想到妳口味那麼重。」

「……」他好像想得更歪了？

我發現在面對宋若谷時，我總是會有一種深深的無力感，無論什麼情況。此時我也不想解釋了，朝他擺擺手說道：「你快回去吧，嗯，再見，晚安。」

他看了看手錶，「都這個時間了，妳叫我回哪裡去？」

也對，現在宿舍的大門肯定已經關了，他要回去，除非是蜘蛛人。

他躺好，姿態放鬆，以一種石榴姊「不要因為我是嬌花而憐惜我」的無辜表情看著我，「妳要不要繼續？」

我＃￥T$^%^@！！！

我不要和外星人說話！

可是不說不行啊，我還得想辦法把這位大爺請走呢。於是我好說歹說，總算勸他又開了另一個房間。

他超不開心，「我的錢又不是大風刮來的。」

「大哥，要不然我之後再還你錢吧。」

「算了，我不吃軟飯。」

……什麼跟什麼啊？

本來因為某些意外事件，宋若谷多花了一倍的價錢，這讓我滿愧疚的。但這種愧疚並沒有維持多久。

「宋若谷，你說我掐你鼻子、捂你嘴你都沒醒，怎麼在那個節骨眼上就自然醒了呢？」第二天一早，我問宋若谷。

他淡定地喝著小米粥，沒答話。

「還有，別人被捂著鼻子、嘴都會憋醒，怎麼你寧願憋死自己也不睜開眼睛呢？」

「還用問嗎？我故意的。」

「……」

「不高興，妳咬我啊。」

「……」

「非禮也行。」

「……」

結論：在面對宋若谷時，能不張嘴就不張嘴。

再去上課時，秦雪薇的怒氣值沒有任何減弱的跡象，看來不到放大絕的時候，她的怒氣值是不會下降的。我構想了幾個版本的大絕，每一個都讓我的小心臟怦怦亂跳。

不能再這樣了！

我只好硬著頭皮對宋若谷說：「你能不能把她勸回來啊？」

宋若谷答得乾脆，「不能。」

「為什麼？她現在明明只是缺個臺階下，你哄哄她，她一定會回來。」

「之前每次吵架都是我把她哄回來，但我不想每次都這樣。」

「呃……」縱使是我如此發達的想像力，也很難想像宋若谷哄人是什麼鬼樣子。

「我不能寵她，不然她會得寸進尺。」

秦雪薇作為冷豔女王一枚，對待男人的態度自然好不到哪裡去。

我有點同情宋若谷了，這要是真愛還好，關鍵是這小子也不是很在乎秦雪薇嘛。「話說，你有沒有試過喜歡她啊？」

宋若谷皺起眉頭，「我一直不清楚喜歡一個人到底是什麼感覺，妳講解一下。」

「喔，我高中時暗戀過我的物理老師。」

「然後呢？」
「當時的感覺就是每天都想看到他，看到他時會緊張，說話都說不清楚。」
「嗯。」
「他講課時我也聽不下去，只盯著他的臉看。」
「嗯。」
「他叫我回答問題，我的腦子一片空白。」
「然後妳的物理成績就一落千丈？」
「……」這不是重點好嗎！
「那後來呢？有沒有表白？」
「哪敢啊，他是有老婆孩子的人。」
「老男人。」
「……」我捏著拳頭，耐心說道，「所以，你可以喜歡一下秦雪薇嘛，她長得漂亮，性格也還可以。你們在一起，還是要有點感情維繫的，至少不會那麼容易鬧分手。」
「那妳喜歡物理老師的時候，有試過不去喜歡他嗎？成功了嗎？」
「我……」
「所以說，喜歡不喜歡的，誰控制得了呢？我明天會喜歡上誰，這個還真難說，說不準我哪天就喜歡上妳了。」他看著我，態度真誠。

我被他說動了，還猛點頭。

「想想就滿恐怖的，對吧。」他說。

「……」你怎麼不去死。

由於擔心秦雪薇對我造成嚴重且無可挽回的傷害，我厚著臉皮回到旅館，打算一直賴到史路那小子回來。

宋若谷沒說什麼，他又變回原本的樣子了。

除了偶爾被宋若谷那變態騷擾一下之外，我夜不歸營導致的另一個後果，是室友們看我時的神色很曖昧，用腳趾頭都能猜出她們在想什麼。

終於，我們宿舍老大按捺不住好奇心，問我這幾天都幹什麼去了。我眨著眼睛說：「我說我一個人待在旅館什麼都沒做，妳相信嗎？」

老大猛點頭，「相信才怪！」

所以說我也想通了，這種事情根本就無法解釋。而且與秦雪薇對我造成的人身威脅相比，清白啊、名聲什麼的，那都是很次要的東西。更何況，至少從其他人的角度來看，能和宋若谷有點什麼還是滿讓人羨慕的。

我果然正在被某個變態同化。

第七章

我覺得我還算厚道。所以在旅館住了幾天，眼看著宋若谷天天破費，我也滿不忍的。雖然他很不把那點錢當回事——他在我隔壁開了個房間，晚上也不回宿舍。

也不知道他想過什麼癮。問他他就回答：不好意思讓妳獨守空閨。

其實我本來就在獨守空閨，我驕傲我自豪。當然，這番話我可不敢說出來，只在心裡諷刺兩句，要不然就麻煩了，不知道這傢伙會怎麼調戲我。

對，沒錯，就是調戲。曾經宋若谷給我的印象就是又嚴肅又正經，整天像個機器人似的。這些天和他相處下來，我發現我之前實在想太多了，以至於自動把他往言情漫畫中酷帥狂霸的男主角聯想在一起。

他的嚴肅是假的，他的正經也是假的。

他不厭其煩地炮製著各種惡作劇，他還喜歡三言兩語把我說得滿臉通紅、尷尬無比，然後站在一旁笑咪咪地看熱鬧。

幸虧這種調戲只停留在嘴上，沒有讓我反感的動作或猥瑣的眼神，讓我相信他雖然是一個流氓，但還算是有素質、有品味的流氓。

話說回來，不回宿舍也不是辦法。無奈之下，我只好拉下臉來寫了一封催人淚下、感人至深的道歉信給秦雪薇。

第二天上課時，秦雪薇主動坐在我身邊。

我……

那封道歉信是感人但不是感化人，怎麼會發揮出化敵為友的神奇效果呢？

由於我們這對組合太過詭異，我們倆前後左右一圈的座位都空著，不少同學遠遠地坐著，時不時往我們這裡瞄一眼。

我實在不知道她葫蘆裡賣的是什麼藥，這時秦雪薇先開口了，她說：「我不會用斧頭砍妳，也不會下毒殺妳，更不會三更半夜把妳從窗戶扔出去。」

「……說這麼直接幹嘛？」

「這些都是妳寫在信裡面的。至於殺人棄屍潑硫酸、在妳書包裡放蟑螂這些事，我也統統不會做……我討厭蟑螂！」

她越說越激動，本來壓得很低的聲音越來越高，最後一句幾乎是喊出來的。

講臺上正在寫板書的老師回過頭，和藹可親地朝秦雪薇笑，「這位同學，以後上課再聊天，我就邀請妳參觀生物學院的蟑螂標本，據說還可以親自製作喔。」她說著，還擠了擠眼睛，年近六十的奶奶級教授賣起萌來，真是讓人惡寒啊。

我壓低嗓子，問秦雪薇：「妳到底想表達什麼？」

「馬上離開宋若谷。」

「好啊。」

「……」她瞪著眼睛沒說話。

難道是我答得太乾脆？我擦了擦眼角，「這有什麼？其實我愛他愛得痛徹心扉、難分難解、生不如死、死去活來，但妳才是他的真愛啊，我不能眼睜睜地看他為妳痛苦，所以只能選擇放手嘍。」我越說越起勁，打著拍子唱道，「分手快樂……」

老教授再次被打斷，她轉過身看著我，「這位同學，再有下次，我就去請宗教系的同事做個法，保妳一輩子快樂好不好啊？」

嚇死人，這是哪裡來的妖孽教授啊，媽媽我要回家！

我不敢說話，安靜了下來，卻在課桌下迫不及待地傳簡訊給宋若谷：我要分手！

宋若谷很快回了一串刪節號，我發現每次他回話時都會先傳刪節號，像暖場一般。

沒等他說下一句，我就回道：好不好啊？快說好！

宋若谷：好。

我激動了起來，剛想拿給秦雪薇看，卻馬上又收到他的簡訊：好好等著我。

這算是威脅嗎？我沒說錯什麼吧？

我：秦雪薇已經回心轉意了，她就坐在我旁邊，我已經答應她和你分手了。

宋若谷：妳是聽她的，還是聽我的？

我忍。此時不能和他硬來，我的態度很友好：大人您忘了，您給我的最高指示就是把她追回來，現在她想回來了，我的任務也就圓滿完成了。

宋若谷不吃這一套。他說：既然如此，大人沒說撤退，妳就先按兵不動吧。

我：……

我真想撬開宋若谷的腦殼，看看他的大腦是怎麼長的，長得像奇異果還是地瓜。

但是我不能坐以待斃，不管怎麼樣，先把秦雪薇安撫好再說。我把宋若谷回答「好」之後的訊息都刪除，這樣就造就了我要求分手，他很乾脆地說「好」的假象。然後我把手機拿給秦雪薇看，低聲說道：「妳看吧，他其實只在乎妳。」

秦雪薇關注的重點有點跑偏：「這個『發瘋外星人』是宋若谷？」

「是，其實我還想多加幾個形容詞，可惜沒辦法放那麼多字。」

秦雪薇默默地扭過頭，不理我了。

中午下課時，宋若谷在教室門口堵我。秦雪薇看也不看我們，目不斜視地走開。

我是真的不明白這是什麼情況，就算宋若谷還沒做好心理準備，可是秦雪薇呢？她不會失憶了吧？

宋若谷拿出手機，找出一條微博給我看。那轉發量和留言量，嘖嘖。當然，一般關注度高的微博內容都比較莫名，比如眼前這一條：

『大二師妹因被校草拋棄而情緒崩潰，於課堂高唱「分手快樂」，引教授親切祝福：下次再這樣就找人做法，保妳一輩子快樂。』

下面還有個不知道從哪裡找來的配圖，圖中的老太太笑得一臉古怪。

留言裡有許多不明真相的圍觀群眾，一半是吵著要看妹子的。

不得不說中文真是博大精深，短短幾十個字，裡頭的情報也太多了點，原來我不僅被拋棄，還精神崩潰了……這到底是怎麼傳的啊？

但是我把手機還給宋若谷，「不管怎麼說，我們分手是真的。誰也不能阻擋我把秦雪薇送回你身邊！」

「是嗎？」宋若谷挑眉，「可是我們剛剛吵架了。」

什麼？怎麼可能？秦雪薇剛剛一直在教室，然後放學時看了他一眼就走了。「你們怎麼吵架？用眼神嗎？」

他搖了搖手機，「簡訊。」

「我不信。」

他找出簡訊來給我看。整個通訊紀錄只有兩封，但足以讓人火冒三丈。

宋若谷：聽說妳哭著、喊著要主動和我和好？

秦雪薇：去死吧。

我是真的想罵髒話啊，你說這裡頭有一丁點和好的意思嗎？這明明就是想找人麻煩吧！要不是這手機太貴，我一定會把它狠狠地摔在地上，以表達我此時的怒火！

宋若谷倒是很冷靜，他摸了摸我的頭，微笑道：「所以，妳需要繼續努力。」

「努力你妹！宋若谷你說實話，你其實從頭到尾都是在逗我玩對吧？」

他竟然點了一下頭，眼神很真誠，「如果非要說實話——逗妳確實很好玩。」

「你！你！你！」我氣得說不出別的來，乾脆舉起書包朝他頭上狠砸，「老娘跟你拚了！」

他躲得很快，幾步就跑到樓梯口，我像個瘋子一樣舉著書包追著他不放，一邊追一邊高喊道：「你給我站住！我要跟你同歸於盡！」

宋若谷邊笑邊跑，和我的距離保持在兩三步左右，不會離我太遠，但也不至於被我抓住。

我雖然跑得不算慢，但那是相對於女生來說，如果和宋若谷比……光從腿的長度上來說，我已經輸一大截了。

因此我們倆現在的追逐簡直就像是貓和老鼠玩遊戲，而且是老鼠追貓。

但是我氣啊，氣得我不顧一切地追他。也不知道我們跑了多久，最後還是宋若谷先停下了。他喘個不停地對我說，「妳很能跑。」

我喘得比他厲害，話都說不清楚，「不、不服……再來！」

「服了。」他過來拉我的手，「別突然停下，走，散散步。」

我甩開他，「你等著。」

「嗯，我等妳和我同歸於盡。」

他一說同歸於盡我就想起來了，我的武器呢？我的書包呢？

宋若谷也發現這個問題了，他搖頭感嘆，「妳真的是！」

我很懊惱，跑著跑著把手裡的東西弄丟了，還有比我更笨的人嗎？

這場鬧劇最終以兩個人一起原路折返找書包作結。這是多麼離奇的劇情！

第二天，宋若谷又給我看一條熱門微博，內容如下：

『親眼所見！！！昨天那個在課堂上精神崩潰，高唱「分手快樂」的妹子，下課之後精神依然維持崩潰狀態！！！她還抓著磚塊，瘋狂追殺校草前男友！！！嘴裡還喊著要和校草「同歸於盡」！！！然後校草就怕了！就和她和好了！！！所以說女人！一定要對男人狠一點！！！！！！！』

下面配了一張非常勵志的圖。

我拒絕對此事發表評論。

◇

我的書包還是沒有找回來。有鑒於此，我對宋若谷的怨念終於達到巔峰，於是我打算跟他來場親切的交流，就他那被狗啃過的世界觀還有沒有修補的可行性這嚴肅的問題，做深入的交流。

宋若谷表示不急，他慢吞吞地從身後掏出一個小方盒給我。那是一款新手機。

我的上一支手機已經隨著書包的丟失而仙蹤難覓，但是要我隨隨便便收下這麼貴重的東西，我還真是不好意思，而且拿了他的手機，我還怎麼罵他啊……

於是我搖搖手，「沒事，我用史路的舊手機就好。」雖然說是舊手機也不算很舊，因為史路那小子手裡的電子產品，更新換代的速度也是一年三次。

宋若谷瞇著眼睛看我，「到底妳的男朋友是我還是他？」

「少來，你這是在吃醋嗎？你不要嚇我！」

「……」

宋若谷的臉色不太好。想想也可以理解。這人不看腦子光看臉的話，還真是桃花朵朵開的類型，難得遇到我這個火眼金睛，能透過假象看穿本質的，一下子把他打回原形，他肯定不自在。我摸了摸鼻子，說道，「史路是我的密友，永遠的密友。」

宋若谷若有所思。

這時，我看到微信上有人和我說話。我抱著PAD，念著上面綠油油的訊息：「『今天下午四點鐘到西站來接我』……你以為你誰啊！」

「你永遠的密友。」宋若谷悠悠地說道。

一想到史路這小子在我最需要他的時候，竟然在千里之外和別人大吃大喝，我就打算給他點教訓。我把一隻黑色的大蜘蛛放在他公寓的門上，這蜘蛛雖然是仿造的，卻極其逼真，連腿上的絨毛都有。門是木黃色的，所以蜘蛛看起來非常顯眼，保證不是瞎子就不會錯過。

做完這些，我就坐著宋若谷的車去西站了。也不知道宋若谷從哪裡弄來這麼美的車！火紅色的跑車，線條優美，像個身材火辣的大美女。

這台車還是敞篷的。作為無產階級的我當然看不慣這麼高調的炫富，於是我抱著雙手，站在車前，故意問道：「這種車要是下雨怎麼辦？撐傘嗎？」

「撐傘？妳太落伍了，」宋若谷幫我開車門，「下雨時它會變身。」

「……」

在西站等沒多久，史路就出來了。這小子的眼睛不知道是不是在太上老君的煉丹爐裡烤過，大老遠就看到我們，拉著行李箱衝過來。可憐的行李箱，兩個小輪子幾乎成了風火輪。

史路一下子抱住我，「紀然！想我嗎！」

宋若谷奮力地掰開我們倆，擠到中間。

史路不滿地揉著手看他，「你哪位？」

我想不用我介紹，這兩人應該是互相認識的，史路這麼一問，也就是故意表達一下不滿。

宋若谷答得老實，「我是紀然的男朋友。」

「嗯，就那個臨時工對吧。」史路的毒舌又開始了。

「我知道你，你是紀然的好姊妹。」

「……」史路看我的眼神立刻變得哀怨。

回去的一路上我都在使出渾身解數來活躍氣氛。當然，史路這人沒心沒肺的，隨便撩撥幾句就能讓他滔滔不絕地講下去，等他講到他和網友度過的第七個精彩夜晚時，我們到了他公寓樓下。

見證奇跡的時刻到了！

我拖著他，迫不及待地上樓。

「嗷嗷嗷嗷嗷！」

史路的慘叫聲高亢而嘹亮，實在讓人有報警的衝動。他在我還沒反應過來時，已經扭身跳進我的懷裡，雙手攬住我的脖子，身體橫在我面前，雙腿借力往上抬。

我……

我被他這一連串流暢到不要臉的動作引導著，條件反射地抱住他。

這就是我人生中的第一次公主抱。

所以說偶像劇中那些浪漫的擁抱，最多只能稱之為「抱公主」，只有我這個才算是純粹的，公、主、抱！

哈哈，哈哈哈哈哈……

宋若谷本來跟在我們身後，一直保持著高貴無表情的狀態，現在，他終於裝不下去了。

他無力地看著我們。

我背對著門，朝著宋若谷笑：「拍張照片吧。」如此歷史性的一刻。

於是這個畫面就被宋若谷記錄了下來——臉色青白的男人被笑容詭異的女人橫抱著，身後的門上趴著一隻巨大的黑色蜘蛛，這色調，這氣氛，簡直可以直接拿去當做邪教組織的宣傳海報了。

這場惡作劇的後果之一是史路拒絕為我們做飯，理由是他嚇到腿軟了，站都站不穩。

我只好把他的行李箱打開，裡面能吃的東西倒是不少。

史路悲痛欲絕地看著我和宋若谷吃吃喝喝，咬牙切齒地說：「狗、男、女！」

宋若谷竟然笑了。他指指史路，再指指自己，最後指了指我，「嗯，不錯，很準確。」

史路：「……」

第八章

史路被嚇得不輕。

他以作惡夢為由，強迫我在他每天晚上睡覺前讀睡前故事給他聽，儼然我是他媽的樣子。

我知道他這是想整我，但是我把他弄成這樣，心中也有那麼一點點罪惡感，我畢竟是有良知的人，當然，重要的是我還要從他那裡拿一支舊手機。

因此我欣然答應他的幼稚要求，捧著《追憶似水年華》讀給他聽。別的不說，這本書真的很催眠。不知道史路感覺怎麼樣，反正我是每天回到寢室倒頭就睡。

宋若谷也不知道吃錯了什麼藥，堅持每天晚上準時來接我。有一次，我實在抵抗不住名著的魅力，讀著讀著趴在史路的床前睡著了，宋若谷的電話都沒吵醒我，結果他竟然闖進史路的房間把我背出去。

我趴在他背上，還是有點迷迷糊糊，「怎麼了？」

宋若谷的聲音裡透著不滿，「妳一個女孩子，懂不懂保護自己。」

「宋若谷，你怎麼越來越像我男朋友了？」

「是嗎？」

「演技真好。」

「我敬業。」宋若谷悶聲答道。

我把下巴墊在他的頸窩，胡亂磨蹭著，只感覺臉旁一片火熱。

史路折磨了我一個星期才停止。後來我把他那本《追憶似水年華》強行沒收了，每天睡前看兩頁，睡眠品質超級棒。

天氣不冷不熱的時候，T大進行了一場籃球賽，頗受關注。

為了讓女生們不只站在場外尖叫，也能身體力行地參與比賽，籃球賽設計成「3＋2」的形式，也就是每個隊伍由三個男生和兩個女生組成，場上男女配合著打。

女生會打籃球的少，打得好的就更少了，因此，女生們上場基本上就是扮演著「豬一樣的隊友」的角色，這也使得籃球賽非常徹底地貫徹了「娛樂第一，比賽第二」的宗旨。

每個系派出一個代表隊，分為小組賽和淘汰賽，層層晉級，拿到冠軍的有大獎。我的體育還不錯，籃球也算會打，因此當仁不讓地被選入系隊。一般這種情況下，女生的人選是不太好找的，倒不是技術問題，關鍵是女孩子們都比較羞澀，不太願意主動站出來。

不過宋若谷他們系正好相反，一聽說他會上場，他們系的女生就都超踴躍報名，因為競爭過於激烈，最後竟然還舉辦了一場小規模的投籃比賽來決定上場名單，簡直是太可怕了。

如果這世界上只剩下一種病無藥可醫，那一定是花痴。

因為這樣，我嘲笑了宋若谷半天，但是我沒想到，第二天我就和他在賽場上狹路相逢了。

◇

這一天風和日麗，下午四點半，生物系和數學系的對決即將拉開帷幕。

我繞著操場跑了兩圈，心態輕鬆地做了熱身運動，完全沒有意識到這一天即將帶給我怎樣的紀念意義。

宋若谷穿一身白球衣，正在和人聊天。

他閒閒地靠在籃球架上，身體的重心都放在一條腿上，另一條腿微曲，俊美的臉上鋪灑了一層陽光，像是秋日裡在陽臺上午睡的貓，慵懶而優雅。

周圍不少女生在偷偷看他，空中亂飛的粉紅色泡泡幾乎要化為實質砸下來。

總之，那畫面怎麼看怎麼養眼，簡直賞心悅目，完全看不出來這小子是個變態。

我跑完步，站在場邊做伸展運動，宋若谷在這時轉過臉看著我，笑容溫暖，「紀然。」

因為上場即將是對手，為了提高士氣，我凶狠地朝他比劃了個大姆指向下的手勢。

周圍瞬間安靜下來。

宋若谷：「……」

呃，我是不是忽略了什麼？

宋若谷抱著手臂朝我走過來，面色不善地看著我，「妳是不是又忘了我是妳什麼人？」

階級敵人，我永遠不會忘的。

他胳上的肌肉隱隱鼓起來，一看就是在咬牙。我拿起一顆籃球在手裡唰唰唰地轉著，面無懼色，「等我殺你個片甲不留。」

我這句話非但沒造成劍拔弩張的效果，反而讓他笑了，他胡亂揉了揉我的腦袋，「好，我等著。」

比賽開始。

這場比賽一開始就陷入了混亂，因為宋若谷那隊有個女生實在可怕，她抱著籃球不放手，直接從後場跑到前場，完全視規則如浮雲，把籃球當橄欖球打，要命的是她最後那一記投籃，竟然還進了。

場外一片歡呼聲。

裁判就跟個瞎子一樣，示意投籃有效，比賽繼續。

生物系群情激憤，裁判只好給那女生一點口頭警告，讓她接下來不要這樣。

這種比賽，裁判的哨一般都是對著男生吹的，因為女生懂規則的少，基本上隨時都在犯規，如果按照標準的比賽規則來要求女生，那麼整場比賽就會成為一場籃球規則教學課。

但如此大尺度的犯規都能照樣拿分，實在說不過去。

接下來那女生生動地演繹了什麼叫「屢勸不改」，她抱著球穿梭在人群中，如入無人之境，想走步就走步，想撞人就撞人。

既然裁判的節操已經陣亡，那麼生物系的隊員們為什麼不攔著她？為什麼不斷她的球？

呵呵呵呵……

此女的胸圍比平均水準大了至少兩個ＣＵＰ，跑動起來胸前一片波濤洶湧，她簡直不是抱著一顆球，而是抱著三顆球！

如此盛景，讓那些沒見過世面的理工宅男們直接呆掉，根本不敢近身，看到她來了，拔腿就跑。

所以這就造成了一個女生抱顆籃球，趕著一幫人高馬大的男生滿場亂竄的奇觀。

在對裁判和男隊友先後死心之後，我決定還是由本女俠站出來力挽狂瀾吧。

這種球，只要出手，都是很好搶的。那女孩看我衝上去，還滿機靈，直接把球拋向宋若谷，嘴裡還高喊著「宋若谷！」。

晚了！

宋若谷一直就像是個看熱鬧的人一樣在場邊遛達，他現在根本不會想到這女生會突然把球傳給他，因為站在最適合拿球的位置上的人並不是他。

於是宋若谷就眼睜睜地看著我飛奔過來，攔球、運球、三步上籃——看我的！

場外傳來生物系的歡呼，還有好多人高喊我的名字。

這種感覺真是太爽了！

我朝宋若谷拋去一個挑釁的眼神。

他揚眉一笑，彷彿在說，好戲在後頭。

我必須承認，在這樣的氣氛中，這種飛揚、略帶邪氣的笑容還是有那麼點殺傷力的，至少我那堅不可摧的小心臟就微微一顫。

比賽繼續。

數學系的男生似乎也覺得靠一個女生犯規來得分略為不妥，因此想自己控球，來一場男人之間的對決。可是架不住那個英勇的女孩啊，她看到籃球就像狼見到肉似的，甚至不顧自己人的布局——嚴格來說，我認為她是無法理解他們的布局，抓住一個空檔撲上去，又把球搶回來。

雙方人馬都有點無力地看著她，除了我。

這女生懷裡的球太好搶了。而且既然她敢明目張膽地犯規，裁判正大光明地裝死，那就不要怪我手底下不乾淨，以暴制暴了。
至於襲胸，我真的不是故意的……
她捂著胸口，悲憤地看著我，眼中含著水光。
在她開口譴責我之前，我先發制人，憤怒地說道：「流氓！」說完拍著球歡快地跑遠，輕鬆上籃。
眾人先是目瞪口呆，然後噗哈哈笑成一團。
那女生紅著臉跑走了。
我有點內疚，大庭廣眾之下這麼說一個女生真的不是很厚道，但又不是每個人都像我這樣厚臉皮。
我想追下去道歉，可是眼前還有比賽。可是眼前又哪裡有一點比賽的樣子……
裁判看著嘻嘻哈哈的人群，哀怨地看了我一眼。
我摸摸鼻子，在道歉名單上又加了一筆。
這時，宋若谷走過來，他大剌剌地勾著我的肩膀，低頭笑看我，「到底誰是流氓？」
我用手肘撞向他的腰側，他輕輕鬆鬆躲開。這時我們隊叫了個暫停，我瞪了宋若谷一眼，轉身走開，把他囂張的笑聲甩在身後。
隊長簡單地講了一下接下來的布局，我們隊的另外一個女生笑嘻嘻地看著我，湊到我耳邊低聲說道：「紀然，在賽場上放閃不太好喔。」

「……」這位小姐，妳的觀察力和理解力有待加強。

「不過，」她正色，「我們可以利用妳的美人計讓宋若谷放鬆警惕，這樣就可以斬掉數學系的一員大將。」

「……」在說什麼跟什麼啊。

她見我沒反應，轉過頭對隊長說：「我提議讓紀然來盯著宋若谷！」

「……」媽媽我要回家……

其餘幾個隊員炯炯有神地看著興奮的她和鬱悶的我，很快便理解了其中的奧妙，紛紛表示此計再好不過。

隊長點頭表示可行。

「我反對！」我把手舉得高高地表明立場，不過這動作看起來真的好傻。

「嗯。」隊長又點了點頭。

「『嗯』是什麼意思？」

「就是我知道了。」他的眼神真誠無比。

「然後呢？」

「然後我不同意。」他的態度友好無比。

我最終沒有一巴掌呼到隊長那看似憨厚淳樸的臉上，而是被重新推上戰場。數學系換了一名女生上場，看起來比較認真。

一想到那個艱鉅的任務，我就感到有點不安。雖然我很不想承認，但宋若谷的籃球確實打得很好。

無奈之下，我只好以守為攻了。

這樣的比賽，綜合性別優勢和技術優勢，我還是比較容易發光發熱的。一開始我也納悶，我又沒有雄偉的D罩杯助陣，數學系的男生們怎麼就不攔我呢？不但不攔，對我還頗為客氣？

很快我就想通了，我這個，咳咳，我不是宋若谷的女朋友嗎？作為宋若谷的隊友，他們想必也不好意思把我怎麼樣，所以說，現在就是考驗宋若谷的時刻了！

宋若谷頑強地接受考驗，很快就毫不留情地賞我一記火鍋。

是真的超大的火鍋啊，他跳得很高，我的視線裡只剩下他的下巴和脖子。我即將脫手的球也被他輕輕一撥，偏離方向，他的隊友見機搶下。

可惡！蓋火鍋不是很凶狠的動作嗎？怎麼他做起來如此輕鬆愜意，這難道是在表達對我的藐視嗎？

最氣人的是，我們落地時他還扶了我一把，動作很迅速，在我反應過來之前，他已經收回了手。

你到底是敵是友！

見我怒瞪他，他也不生氣，含笑拍了拍我的頭，接著加入戰鬥。

我認為這是挑釁。於是我的怒氣值暴漲，越打越起勁。

我把球帶到前場，正不知道傳給誰時，宋若谷從斜前方迎了上來。我知道他只要想斷我的球路就一定能斷，這個變態！

然而我是不會給他機會的。我左右掃了一眼，靈光一閃，乾脆後退半步，站在三分線外，高舉起籃球，往球框狠狠一拋。

籃球畫著優美的拋物線，奔向球框。

我雖然打籃球的時候不少，投三分的時候卻不多，畢竟女生的身體不如男生，所以這個球也是一場賭注！

饒是一場賭注，卻很給面子。

一般在這種牽動人心的時刻，那調皮的球都會在球框上轉幾圈再考慮進不進，然而這次它乖乖地直接入網，連球框都沒沾。

空心！

我挑眉，對宋若谷笑得囂張。

宋若谷呆了一下，然後臉色平靜地和我對視。

懶得理他。我張開雙臂享受了一會兒眾人的膜拜，又繼續投入到如火如荼的戰鬥中。

比賽漸漸進入白熱化。宋若谷也沒有太多心思找我麻煩，畢竟生物系的三個男隊員也不是蓋的。這個時候，場上的其他三個女生就和圍觀群眾差不多了，能做的僅限於用大喊的方式來驚嚇對手，扮一下場上的張飛張益德。

和男生相比，我算是半個戰鬥力，因此在實際的參戰人數上，生物系小占優勢，相當於在3vs3的比賽裡當個小尾巴，好歹能發揮點作用。

但是數學系配合得很好，而且宋若谷還是個令人髮指的得分狂！

所以這場比賽打得很激烈，當然也很具觀賞性。雙方比分一直處於互相追趕的狀態，差距也始終不大。到最後，離比賽結束還剩不到一分鐘的時候，數學系領先一分。

又是這種俗爛的戲碼！一般這種時候都會有個驚天逆轉什麼的吧？

現在是數學系拿球，要是讓他們再得分，我們就翻身無望了。

還好還好，這次投籃的不是宋若谷，球被籃板彈了回來。

現在就看誰能搶到籃板了！

此時籃板下站的人不多，我剛好也在。我沒多想，跟著跳起來搶球，我雖然沒他們高，但輸人不輸陣，能出一分力是一分！

事後我十分後悔這個決定。

最終誰也沒搶到籃板。宋若谷雖然跳得高，但我們隊有個一百九十幾的大個子也跳了起來，宋若谷只好把球往外推，也不知道是他力氣大還是使勁使得巧，球被狠狠地向上推出去，那高度絕對值得拍照留念。

這不是重點，重點是我落地的時候重心不穩，本能地往旁邊一抓，抓到了宋若谷的衣服。宋若谷被我這麼一帶，落地時也跟蹌著要退後，但是我們倆離得太近，我一不小心絆住了他，導致他不能退後，直接向後仰倒。

其實這也不是重點，更重要的是他倒下的時候腿勾到我，我本來就沒站穩，此時也跟著倒了下去，直接摔到他懷裡。

宋若谷在將躺未躺時及時撐了一下地面，避免撞到頭。我則不知怎麼回事就騎在他腰上，雙手撐在他的身側。兩人因為都打了全場，此時累得不行，滿臉通紅，這倒省了害羞的問題。

他放鬆身體，平躺在地上，瞇著眼睛看我。夕陽的光輝投射到他的眼睛上，反射出別樣的光芒，像是暗夜中安靜燃燒的炭，純黑中裹著赤烈。

氣氛很詭異。

你以為這就是重點了嗎？你真是太天真了！

我們倆離得太近，幾乎纏在一起。我連忙想要爬起來，但是，此時被宋若谷推出去的那顆球經過跋山涉水，終於重返地球，好死不死地朝著我的腦袋砸過來。

砰——

腦袋被一股力量向下拍，便低了下來，在我反應過來之前已經迅速低到最低。我眼睜睜地看著宋若谷的臉在剎那間放大，我的大腦一片空白，直至唇上帶著壓迫的柔軟觸感傳來。

我抬起頭，茫然地看著宋若谷。大概是因為被籃球砸的那一下餘威猶在，我的腦子一片空白，不知道該作何反應。

宋若谷看著我，眼中似乎有許多東西流淌過，又似乎純淨得什麼都沒有。他微微勾起嘴角，低聲說道：「流氓。」

「……」我的大腦終於開始運轉，也終於反應過來剛才發生了什麼事。

我親了宋若谷！親了宋若谷！親了親了親了了了了了了……

如此詭異的地點，如此詭異的場合以及……如此詭異的對象！

儘管那顆籃球以及質量守恆定律都可以證明，這確確實實是個百年難得一見的巧合，但事實還是……親了啊……

初吻灰飛煙滅……

第九章

那天也不知道是累到還是氣到，總之我兩腿發軟，腦袋一片混沌，幾乎是被史路拖回去的。

最終的比賽結果我也是後來才知道，據說生物系還是把握住機會，最後投了個兩分球，領先一分贏得比賽。

然而我已經無力去關心誰輸誰贏了，因為一想到那場比賽，最先跳入我腦袋裡的就是那個烏龍親吻。

在眾目睽睽之下幹了那麼囧的事，就算我臉皮再厚，也能彆扭一陣子。

宋若谷大概也在彆扭，我們兩個很有默契地好幾天沒聯繫對方。

◇

這天下午下課，我和室友走在路上，看到迎面走來一個大美女，美女高挑白皙，很有氣質，雖然年紀不算小，但保養得著實不錯。

我盯著美女看，美女也在看我。等走近了，她朝我笑道：「妳是紀然吧？」

「是，您是……」

「我是宋若谷的媽媽。」

來了！偶像劇的經典情節，一男一女在一起之後，媽媽必然從天而降橫加阻撓，而且大多數時候都會傲慢地甩出一張支票，支票上的數字從來都是威武霸氣，邪魅狂狷！

因為腦補得太過具體，我很沒出息地吞了一下口水。

美女媽媽，不用客氣！用支票來砸我吧，come on！

作為一名氣質美女，她當然沒有搶先亮出支票，而是帶我遛達了一會兒，先吃頓飯，又跑去逛街。

我想過了，雖然我這人貪財沒節操，但如果我拿了她給我的分手費，我媽一定會毫不留情地拍死我，所以我做了兩個多小時的心理建設：待會兒一定要抓好自己的手，不要被數字迷惑！

然而，這位阿姨卻自始至終沒有提支票，啊不，沒有提分手這件事情。

她好像真的是一心一意在逛街。而且她不愧是美女，品味極佳，當然她看上的東西，光看價格也讓人覺得絕對不是一般人的品味。

最要命的是她堅持要買東西給我，我收也不是不收也不是，畢竟是長輩買給兒子女朋友的，可是我跟他兒子的聯繫，真的僅限於一支球拍啊！

到底該怎麼辦呢？

我只好硬著頭皮問她，「阿姨，您是不是有什麼話想跟我說？」

她停下來，「其實也沒什麼，我今天來T大找一個朋友，正好碰到妳。小谷那孩子也不在，不知道在做什麼。」

咦，這劇情好像不太對，她不是專門來堵我的嗎？

她邊說邊拿著一條裙子在我身上比劃，「這條裙子應該很適合妳，妳試試看。」

又要送東西！我只好說：「阿姨，其實我和宋若谷……」根本就沒什麼關係！

她打斷我，「妳放心，小谷的事情我不太會干涉，而且看得出來妳是個好孩子。」

「不是，我的意思是他和秦雪薇……」不是珠聯璧合，天生一對嗎？

「小谷的爺爺確實很希望他能和雪薇在一起，而且還是指腹為婚。他知道小谷和雪薇分手的事情之後，很生氣。」她臉上始終掛著淡淡的笑意，讓我不自覺地想要親近。

可是……指腹為婚……宋若谷……好喜感……

「但這種事情也強迫不來，我總覺得他們兩個不太合得來。」

阿姨真是睿智。

所以說今天這件事，其實只是這位美女阿姨剛好路過、看到我，於是順便拎我出來一起吃個飯、逛個街。

好像有哪裡不對？

「阿姨，您……您之前見過我？」一眼就能認出一個陌生人，這眼力要有多好。

「我在妳們校園論壇裡下載了幾張照片。」她說著，把手機拿給我看。

竟然是前幾天比賽時的照片，拍攝者的技術不錯，把我表現得十分之英明神武。還是一系列的照片，看著看著我就有一種不太好的預感，畢竟後來我……於是我明智地在看完之前停下來，把手機還給她。

她笑咪咪地看著我，「怎麼不看下去？」

美女妳夠了。

接下來和她相處我倍感輕鬆，但是讓我再提起勇氣告訴她我和她兒子的真實關係，我又做不到，算了，讓他兒子自己和她說吧。

這位阿姨說話溫和如，讓人如沐春風，眼光毒辣，行事又乾脆，實在是完美得讓人連嫉妒都嫉妒不起來。我就這樣暈陶陶地對她懷著夢幻的崇拜回去了，直到第二天才發現問題在哪裡。

宋若谷的媽媽明顯是支持他分手的，如果她知道我和宋若谷在一起，只是為了把他和秦雪薇湊在一起，那麼……眼前出現她溫和的微笑，我不禁打了個冷顫。

不行，我一定要和宋若谷溝通一下。而且……昨天拗不過那位阿姨，收了她不少東西，我得還給宋若谷。

然而，宋若谷這變態竟然關機了。

不就是被親一下嗎？不知道他要彆扭多久。我癟癟嘴，乾脆遛達到網咖想打一下遊戲，沒想到在網咖還遇到認識的人。

老六揪了他寢室的幾個人在打DOTA，打得他眼冒綠光。

他一看到我進來，丟下滑鼠湊過來，笑得很賤，「紀然，妳怎麼來了，不開心？」

「本來滿開心的，一看到你就……」我遺憾地看著他。

他不以為意，「我聽說妳和谷子分手了？」

「關你什麼事。」

這時，他幾個兄弟不滿了，隔著兩排電腦罵他。大概是因為正打到關鍵時刻。

老六不顧他哥兒們的怒氣，對我說道：「妳答應過，妳和谷子分手，我就能追妳了。」

我捏了捏額頭，「老六，不管我和宋若谷怎麼樣，我和你都不會怎麼樣的，懂嗎？」我找了個位置坐下，開機。

老六坐在我身旁，一臉受傷，「可是我真的滿喜歡妳的。」

不理他。

「妳是來找宋若谷的吧？他其實就在樓下打撞球。」

不理他。

「紀然，妳想玩什麼？」

不理他。

「我教妳打DOTA吧？」

我靠在椅子上，有氣無力地說道：「老六。」

「噯！」

「和我切磋一局，贏了，你追我，輸了，你給我哪裡涼快哪裡去。」

老六驚訝地看著我，「玩什麼？DOTA嗎？」

「廢話，要不然玩連連看嗎！」

「好，一言為定！紀然妳這次可不許反悔！」老六信心滿滿地搓手。

二十分鐘後。

老六湊過來，情緒沮喪又激動，「紀然，我好想跪下來舔妳的腳！」

「……籌碼中沒這一項。」我推開他的臉。

「她是我女朋友，要舔也是我舔。」身後傳來熟悉的聲音。

我回過頭，看到宋若谷正抱著手臂站在我們身後，也不知道他看了多久。

「咳，那個……你怎麼來了？」

宋若谷扶著椅子，低頭俯視我，臉上淡淡的沒什麼表情。他沒有回答我，而是說道：「打得不錯。」

「過獎過獎，正好遇到一個菜鳥。」

老六捂臉淚奔，「菜鳥！紀然妳竟然說我是菜鳥！好吧，跟妳一比我真的是菜鳥！不對，跟妳一比，誰都能算菜鳥！紀然，妳有沒有興趣今晚和我大戰三百回合，我的持久力還是不錯的唔唔唔……」

宋若谷一手捂住他的嘴，一手轉了一下我的椅子讓我面向他，「走吧，我有話和妳說。」

「正好，我也有話對你說。」

從網咖走出來，我們之間的氣氛有點怪異。走了很長一段路，兩人都沒說話。宋若谷率先打破沉默，他說：「妳想說什麼？」

「昨天我遇到你媽媽了。」

「我知道。」

好吧，這消息傳得有夠快。我抓抓頭說：「我現在不太明白你對秦雪薇到底是什麼態度。昨天看阿姨的意思，你們也不是非在一起不可。」幹嘛又搞得興師動眾的？

「我一開始也不清楚，」他停下來，看著地面，「大概是沒有喜歡過什麼人吧，以為娶妻生子都不過是那麼回事，所以就順理成章地和她在一起了。」

「……」果然是外星人才會有的想法，可是，「帥哥，你就沒有真正對哪個女孩動過心嗎？實在不行，男的也算啊……」這太不科學了！

他敲了敲我的頭，「有些人一輩子也不會遇到真正喜歡的人，這有什麼奇怪。」

「我對你的情史沒興趣，不過現在你到底要怎樣？」我揉著腦袋，有點不耐煩。

他沉默了一會兒，「我也不是非要娶秦雪薇。」

我眼睛一亮，「也就是說，現在我可以收工了？哇喔喔，我終於等到了這一天，老娘終於分手了！」

他拉了拉我的手腕，「但有些問題我還沒想清楚，所以先這樣吧。」

我警惕地看著他，「哪樣？」

「分不分手，等我想明白再說。」

「怎樣才算想明白？」

「不知道。」

「你到底要殺要剮，跟我說清楚講明白好不好！」

宋若谷吐了口氣，似乎在找回他的冷靜。他微微挑眉，「再說，妳還吻我了。」

我一下子紅了臉，「那只是意外好不好，意外！」

他沒說話，只是低聲笑著，眼睛彎彎的，眉目生動。

我更生氣了，「我到底是造了什麼孽，初吻竟然毀在你這種外星人手上！」

「走吧。」他拉著我，一路走回學校。

「對了，你媽媽送我好多東西，等一下我得還給你，之後你自己跟她解釋清楚吧。反正我們早晚要分手的。」

「等分手再說吧。」

兩人一路沉默。後來他把我送到宿舍樓下，突然說道：「其實，我也是。」

我歪著腦袋看他，「是什麼？」

他沒回答，側過臉去避開我的目光。臉上透出一點點的淡粉色，不知道是因為光線還是我的錯覺。

我實在抓不到他的思路，「到底是什麼？你知不知道，我的腦補能力很強大，你今天不說清楚，我……」

他又敲了敲我的腦袋，「笨！」說完，轉身離開。

我捂著腦袋怒瞪他的背影，莫名其妙！

第十章

史路最近又找到新的樂子。

首都高校創業聯盟即將舉辦一個創業大賽，獎勵豐厚，而且有機會獲得資金支持。最重要的是，三等獎以上就能拿到創新學程的學分。

所謂創業大賽，並不是參賽者每人創業一段時間然後比較成果，只是提供一種思路，根據你的書面資料來評分，講白了就是紙上談兵。

史路想要創新學程的學分。當然，即便是紙上談兵，他也不能保證憑自己一個人就能把整個評審委員團搞定，於是他把我拖下水。

好吧，雖然只有兩個人的創業團隊也寒酸了點。

史路自封為總經理，任命我為助理，雖然都是理，但差距實在太大。我自然不幹，從來都是我壓榨他，現在這小子竟然想翻身，好大的狗膽！

史路只好把「總經理」三個字掛在我的名字前面。

於是我們倆就瞪著那份只寫著「總經理：紀然；副總經理：史路」兩行字的檔案發呆。

——既然是創業，我們到底創什麼？總不能去學校大門口擺地攤，賣手機殼吧？

雖然我完全相信史路這小子即使賣手機殼也能賺一筆，但是評委團那幫人未必這樣想。

史路托著下巴想了一會兒，「這樣吧，我最近正在設計一個卡牌遊戲，那我們就成立一個遊戲公司。」

「公司名字叫什麼？」

「我想想，最好是能包含我們兩個的名字……燃燒的馬路？」

「你確定這種類似恐怖分子過境的名稱能過初審？」

「紀史？」

「急死？這種名字掛著，誰還敢玩你家遊戲？」

史路抓了抓頭髮，最終搖頭，「算了，這個工作就交給總經理來做吧，我先展示一下我們的第一個產品。」

他說著，從書包裡翻出一個盒子，打開，裡面都是撲克牌大小的紙片，是用A4紙列印之後裁好的，厚厚一疊。

他又打開一個檔案，開始仔細地講遊戲規則給我聽。

等聽完他的一長串解釋，我摸著下巴，點頭道：「這個遊戲的名字我想好了，就叫未解之謎吧。」聽得我一頭霧水，誰會去玩這種燒腦子的遊戲啊，想入門還得先上培訓班！

史路不滿，「妳不能把每個人都想得和妳一樣笨。」

我怒，「老娘T大都考上了，怎麼可能笨！我這才是正常人該有的智商，你不要把每個人都想得和你一樣聰明。」

「可是我現在需要一個和我一樣聰明的人來一起制定遊戲規則。」他皺眉看著我，像是遺憾地面對一個面試不合格的求職者，同情中帶著淡淡的鄙視。

我戳著桌子，怒瞪他，「再敢惹本BOSS不滿，直接把你降職成保全！」

他果然老實了，又開始盯著那些小紙片苦思冥想。

我看看錶，只好先把他拎到餐廳。

史路咬著雞翅，依然做冥想狀，眼神放空，像個呆子。

我噴笑，把我的雞翅也放在他的餐盤中。這小子像黃鼠狼一樣愛吃雞。

呆子一樣的史路對我的舉動毫無反應。這時，宋若谷突然出現，坐在我身旁。他看了一眼那串雞翅，哼道：「你們還真是相親相愛。」

「宋若谷，好久不見。」我跟他打了招呼。還真是好久不見，自從上次跟他談過之後，我們就沒刻意地聯繫對方，也不知道這小子想通了沒有，到底想通了什麼。

「嗯，」宋若谷輕點了一下頭，「妳怎麼沒打電話給我？」

我莫名其妙，「我為什麼要打電話給你？」

「一直都是我打電話給妳，妳一次都沒打給我過，紀然。」

「這位帥哥，你到底想表達什麼？」

「沒什麼，」他搖搖頭，看了一眼史路，「他怎麼了？」

「他正在破解未解之謎，」我用筷子奮力地敲著史路的餐盤，「喂喂喂，回魂了。」

史路一抖，看到自己餐盤中多出來的雞翅，笑得燦爛，「紀然，我就知道還是妳最愛我。」

我寒毛都豎起來了，「你撒嬌也要有個限度！好歹是個帶把的！」最重要的是，跟這男人一比，我那本來就少得可憐的女人味直接蕩然無存了！

史路發現宋若谷，頓時苦大仇深，「你怎麼坐在這裡？」

「我是她男朋友。」宋若谷理直氣壯。

史路一臉受傷地看著我，「妳不是說妳們分手了嗎？」

我只好安慰他，「快了快了。」

這時，宋若谷問我：「紀然，最近在忙什麼？」

我搜腸刮肚，想表達一下我生活充實，忙得死去活來，想來想去，只好心虛地又把史路祭出來，「我在忙創業大賽啊！身為總經理，上上下下的事情都要我來處理，高處不勝寒啊。」我胡謅道。也不知道怎麼回事，我面對宋若谷時總是不願意丟面子。在別人面前我就沒這層顧忌，比如史路。

「是嗎？你們這個創業團隊有幾個人？」宋若谷的問題直指要害。

「……」可不可以拒絕回答啊？

史路幸災樂禍地看著我：再吹牛啊！

我只好死不要臉地又搬出他的未解之謎，把那個卡牌遊戲說得天花亂墜。由於我自己也沒弄懂這個遊戲的規則，所以說得顛三倒四。

宋若谷竟然從我那慘不忍睹的說明中，精准地抓住這個遊戲的設計思路，並最終給出客觀評價：「遊戲整體還不錯，但你們缺一個好的數值策畫。」

「什、什麼東西？」

「主要負責整個遊戲的平衡，最好是數學系出身的。」

史路抬抬眼皮，「想加入就直說，繞那麼大一圈，你以為她聽得懂嗎？」

可惡，史路你什麼意思！

「既然你們如此熱情地邀請我，那我就勉為其難地答應了。對了，我是什麼職位？」宋若谷毫無愧色地說著這些話。

史路確實需要一個和他同樣變態的人來研究未解之謎，所以這時候也不拒絕了，「總經理和副總經理已經有了，你在助理和保全之間選一個。」

「那我就當紀然的助理吧。」宋若谷說著，習慣性地摸了摸我的頭。

史路冷冰冰地說，「別摸了，都被你摸笨了。」

我發現這小子和宋若谷不對盤，一見到他就變成小刺蝟。

三人吃過飯，又湊在一起，研究了一下接下來的各種準備工作。當得知公司的名稱裡即將包含我和史路的名字時，宋若谷表示必須把他的也加上。

我覺得越來越麻煩了，「諧音可以嗎？」

他們兩個都表示沒問題。

我想了一整個晚上，想得我心力交瘁。

第二天，我宣布了一項重要決策：

公司名稱暫定為「軲轆娃」。

宋若谷和史路沉默了一分鐘之久，最終什麼也沒說，而是默默地滾去工作了。

◇

史路和宋若谷互相看不順眼。

至於原因不得而知，他們倆似乎積怨已久。

他們總是因為某件事情而意見相左，爭到後來就把決定權丟到我手上。一開始我還會認真看待，可偏偏這兩人口才極佳，怎麼說都有道理，我實在招架不住，乾脆擲硬幣。

他們還喜歡互相鄙視對方的智商，如果我在場，戰火一定會波及到我。

因為智商最低的是我T_T

慢慢地，我竟然習慣了這種狀態，還隨身攜帶著一元硬幣，時時做好用拋硬幣的方式決定誰對誰錯的準備。

一元硬幣，正面數字，背面人頭。

數字代表宋若谷，人頭代表史路。

嗯，這種強烈的CP感到底是怎麼回事……

創業大賽的報名階段尚未結束，史路和宋若谷已經把未解之謎的遊戲方式設計完成了，不得不說這兩個變態的工作效率和他們的臉一樣漂亮。

我們三個人拿著這套卡牌四處推廣，但試玩效果不甚理想。

原因與我當初所料想的一樣，難度太高，普通人根本無法理解。這東西只適合變態玩，但這個世界終歸是由正常人統治的，變態的數量畢竟有限。

慘不忍睹的試玩報告擺在眼前，終於輪到我鄙視他們了，哈哈哈哈！

我強烈建議他們修改遊戲規則，宋若谷一想，乾脆弄了兩套規則，一套普通版（他和史路堅稱其為閹割版）、一套困難版，適應不同群組的需求。

他的腦子確實轉得很快，小小一個轉變就化不利為有利。這種人進到社會裡肯定又是一個奸商。

雙系統的未解之謎很成功，不少同學第一次玩就紛紛表示極大的興趣。為了避免遇到版權糾紛，宋若谷把原先從網路上找的圖片都換掉，親自畫了一套，印在卡片上。

可惡的是他畫得還滿不錯的，也不知道他究竟還有多少隱藏技能。

他們又馬不停蹄地註冊了新公司，而且等註冊成功後才歡樂地告訴我，說是想給我個驚喜。

結果我是受到了驚嚇。

因為公司名稱赫然就是「軲轆娃」。

我……

◇

雖然我們的「軲轆娃」逐漸上了軌道，但史路和宋若谷之間的矛盾非但沒有和解，反而越來越明顯。

我知道他們倆之間必有一戰，但我不知道這件事竟然來得如此之快。

在兩人又因為一項決策問題，而把對方從頭到尾嘲笑、挖苦了一次之後，戰爭爆發了：史路的平板、手機等電子設備同時陣亡，無法開機。

他並沒有親眼看到是宋若谷動了手腳，但他堅信這一定就是宋若谷在搞破壞。

宋若谷的解釋是，史路因人品問題而產生生物磁場波動，干擾正常電子設備的運行；又因為其人品太過不好，導致磁場波動劇烈，其危害堪比太陽黑子爆發。

我和史路仔細分析後一致認為，他這種近似於精神錯亂的言論恰恰證明了他的心虛。

於是史路當面和他對質，並且拉我來助陣。

我也覺得宋若谷這樣做有點過分，「宋若谷，你們倆吵歸吵，電腦和手機修起來很麻煩的，萬一他有什麼重要資料找不到了呢？」

宋若谷沉下臉看著我，「紀然，妳也覺得是我做的？」

「我……」我想說難道不是你？可是看著他失望的眼神我又說不出口。我抓了抓後腦勺，「畢竟你有這個作案動機和作案能力。」

宋若谷沒有理論下去，而是把話題轉到一個莫名其妙的角度，「妳一直偏心他。」

「……」我一下子還沒反應過來，怎麼吵到這裡了？

史路不開心了，「喂喂喂，她不偏心我，難道偏心你嗎？你算老幾！」

宋若谷像是被這句話氣得不輕，臉色很難看，目露凶光，拳頭握緊又鬆開，握緊又鬆開，最終冷哼道，「我不打女人。」說完轉身就走，再也沒回頭。

史路：「……」

我覺得很奇怪，這吵架的方向根本不對啊。身邊傳來「咯咯」的聲音，是史路在咬牙。我從來沒見過如此可怕的史路，連忙拉住他的手臂。

史路的臉色稍稍緩和，冷笑道：「跟我玩吃醋？看誰玩死誰！」

我嚇了一跳，「什麼吃醋？誰吃醋？宋若谷吃醋了？吃你的還是我的？」

這個世界好混亂啊……

史路白了我一眼，「我怎麼知道！大概他也想當妳的密友吧！」

密友……宋若谷……真的好可怕……

自從那次莫名其妙的爭吵之後，宋若谷一連好幾天沒再出現在我們的視線內。我一直把宋若谷當外星人看，所以他做了什麼無法理解的事情都是比較好理解的。

史路的東西拿去修，鑑定結果是進水了，這種簡單方便易操作的破壞方式，讓史路更堅定了宋若谷就是幕後黑手的想法。

但是我又有點懷疑，根據我對宋若谷的了解，此人雖然陰險狡詐、腦回路不正常，但如果是他做的，他一定會承認。

所以……難道我真的錯怪他了？

想到他失望受傷的眼神，我很內疚，但又不知道該怎樣跟他把話說清楚。

而且，這幾天宋若谷應該會比較忙，因為元旦快到了，據說他是迎新晚會的主持人，這竟然也成了此次晚會的看點之一。

於是我打算等他忙完這一陣子再說，但沒想到我們竟然提前碰面了。

是這樣的，為了慶祝耶誕節，學生會舉辦了一場舞會，只邀請學生參加，大家在一起唱歌跳舞、吃喝玩樂。這種舞會當然比較受歡迎，但是名額有限，只公開開放極少量的入場券，其他入場券則透過內部邀請的方式發放。

史路作為辯論隊的金牌辯手，自然受到邀請，所以他順便把我也帶了進去。

我其實極度懷疑他是想帶個女伴進去炫耀一下，證據之一就是T大那極為懸殊的男女比例，以及這小子堅持幫我化了個妝。

天知道他是什麼時候學會化妝的，而且化得還很不錯，我覺得鏡子裡的那張臉看起來有點陌生。

史路雙手搭在我的肩頭上，和我一起看著鏡子，真誠地稱讚：「紀然，其實妳長得滿漂亮的。」

「謝謝。」竟然需要化妝才能發現……

不過，我覺得漂亮這個詞更適合用來形容史路。他真的很漂亮，是雌雄莫辨的那種美，眼睛大大、水汪汪的，黑白分明，唇紅齒白，臉蛋又白又光滑……有時候我會忍不住狼性大發捏他的臉，手感真的很好。

我的大衣下穿了一件深藍色針織包臀連身裙、黑色內搭褲、棕色高跟短靴，脖子上掛著亮紅色項鍊。一身打扮不算顯眼但也還看得過去，史路摸著下巴品評了半天，總算滿意了。

他還重點誇獎了一下我的腿。

他自己穿了一身白，胸前別朵玫瑰花，遠看簡直像個伴郎。好在他臉蛋撐得住，所以這身行頭看起來竟然也沒那麼傻。

說實話，我不太明白史路為什麼一定要如此用心地打扮，反正我的主要目的就是去吃吃喝喝看帥哥。

接著我就看到了宋若谷……

他和秦雪薇挽著手入場，兩人一來就成為眾所注目的話題。畢竟兩人都是明星人物，而且他們現在的情形讓大家想起了另一段八卦。

不少人偷偷地瞄著我，目光中飽含著探究同情、了然於胸、幸災樂禍等各種複雜情緒。

我摸摸鼻子，不知道該用什麼表情來應對這些八卦的眼神。

秦雪薇今天打扮得很隆重，自然也很漂亮。相比之下，宋若谷則穿得有些隨意，米色休閒西服配深藍色修身長褲，當然這身隨意的打扮無損於他的玉樹臨風，所以躲在人群中暗暗流口水的花痴女自然不在少數。

宋若谷並沒有加入舞池，而是隨便找了個地方坐下，端了杯酒慢慢喝。

我隔得老遠偷偷看他，看樣子他和秦雪薇和好了，那麼兩個人和好到什麼程度了？

宋若谷突然抬起頭，和我對視。他的眼睛亮晶晶的，目光中含著犀利的光芒，彷彿要瞪到我靈魂出竅。

「咳咳咳……」我沒來由地一陣緊張，別過臉去不再看他。

於是我開始一心一意地吃東西，史路早就被怪姊姊們拐跑了。

眼角餘光中身影一晃，我發現宋若谷坐在我身旁。他看著我盤子中亂七八糟的食物，微微一扯嘴角，「就知道吃！」

我想我在氣勢上不能輸，於是我板著臉看向他。

「嘴角有東西。」他提醒我。

我面無表情地舔乾淨。

宋若谷沒說話，只是直直地盯著我看。大概是我的錯覺，他的眼睛好像又亮了一些。

我以為沒舔乾淨，又舔了舔。

他像是突然被雷劈傻了，一動也不動。

懶得理他，我對著手機仔細看，又用紙巾擦啊擦。好吧，這下唇彩是白塗了。

然後，我就聽到「咕嘟」地一聲，聲音很輕，我以為是錯覺，扭頭一看，發現宋若谷似乎在吞口水，他的喉嚨還在動。

「餓了吧？」我夾了幾份點心，推到他面前。

他沒吃，而是端起面前的飲料一口喝光。喝完之後他上下打量我幾回，似笑非笑地說：「我們兩人今天滿配的。」

我的裙子和他的褲子顏色很接近，從這個角度來說確實是如此。我有點彆扭，趕緊轉移話題道：「你和秦雪薇……嗯，又好了？」

「好」這個字可以有多種理解方式，我相信他懂的。

宋若谷沒有回答我的問題。他又取了一杯酒，低著頭緩慢摩挲著手中的杯子，目光像是全都被那杯中的液體吸引。沉默了一會兒，他終於問道：「紀然，妳是不是非常希望我和秦雪薇重歸於好？」

「我……」

他突然抬起頭，面色不善，目光陰沉，「可我偏偏不讓妳如願。」

我想宋若谷大概是某些地方想歪了，他和秦雪薇到底要不要重新在一起，說到底是他們兩個的事，為了讓一個路人不好過而拿自己的感情開玩笑，這種想法實在太扯。

又或者，他根本就不想和秦雪薇在一起，不順我意卻剛好只是順便的。

想到這裡我了然於心，又覺不滿，「那是你們的事情，與我無關。」何必把我扯進去。

「妳說得對，」他又低頭看杯子，「我的事情，與妳無關。」

我想我們畢竟有過交集，也不該把話說得這麼絕情，想來想去，打算把史路的事情和他說清楚，順便安慰他一下。「史路……」

「史路把平板和手機放在桌子上時沒發現桌子上有水，當然，我也沒告訴他。」他嘴角扯出一絲笑，「我想，我有這個自由。」

原來這才是真相。

我又不知道要說什麼了，只好假裝注意力被吸引走，看向中央的舞池。秦雪薇樣樣頂尖，此刻自然光彩奪目。不知道是不是我的錯覺，我總覺得她的目光似乎是飄向我們這個方向。

宋若谷像是有心事，又開始低頭喝悶酒了。

我再轉頭，又看到史路不滿的目光。

我的頭好痛啊。

我也沒心情吃喝了，乾脆從後門出去，打算透透氣。

舞會的場地是一個大禮堂，從後門出去後是一片空地，空地中央有一個小花圃，靠近牆角的地方立著一盞孤零零的太陽能路燈，燈光清冷而蒼白。

昨天下了一場大雪，今天又幽幽地飄起雪花。站在這裡往遠處望去，入目全是白色，遠處有一些燈光和人影，模糊不清。抬眼望向天空，細小潔白的雪片似萬千流星潑灑下來，倒是別有一番意趣。

只可惜燈光的能見度有限，再遠一點就看不清楚了。

深吸一口氣，空氣清洌，倒是讓我提起了精神。

可是……真冷啊……

我繞著花圃走了一圈，在白雪鋪就的地毯上留下一串腳印，然後想回去了。

但此時，迎面走來一個人攔住我。

「有事嗎？」我歪著頭打量秦雪薇。

「妳一個人在這裡賞雪，不無聊嗎？」她笑得自然大方。

我往手中呵著氣，「所以我要回去了，妳自便。」

「雪花確實可愛，但太陽一出，也就溶化了。」

我從這句話中感受到一股濃濃的宮鬥味，頓時一陣惡寒。我忽然覺得更冷了，幾乎要原地跳起來，「妳到底想說什麼，趕快說！」

「我說過，離開宋若谷。」

又是這件事！我身體冷得難受，又被提起這件事，頓時感到暴躁。這件爛差事也該有個了斷了，不能總這麼莫名其妙地拖著，何況今天聽宋若谷講的那番話，他很可能已經「想明白了」。

於是我答道：「我跟妳說實話吧，我跟宋若谷一點關係都沒有。當初他和我在一起，只是想把妳氣回來，現在看來這招雖然有點爛但勉強有效。現在他到底是什麼想法我就不知道了，妳可以自己問，這是你們之間的事。總之我現在宣布我和他分手了，你們以後不要再拿這件事來找我的麻煩！」

聽到我這番話，秦雪薇似乎很意外，「妳是說……他是為了我，才假裝和妳在一起？」

「賓果！就是這個意思！麻煩妳不要再問我了，想知道什麼就自己去問宋若谷。我要回去了，麻煩讓開。」我此時恨不得把自己縮成一個球，全部塞進大衣裡。

秦雪薇半信半疑，「難道妳就不喜歡他嗎？」

「拜託！妳是記者嗎？有完沒完！」

秦雪薇挪開一步，擋住我的去路，她抬起手臂擋在我面前，姿態強勢，「回答我，妳到底喜不喜歡他。」

「我喜歡個頭啦！那小子除了皮相不錯之外，其他沒一個地方能讓我喜歡好嗎？脾氣差、人品差、毒舌、刁鑽、腦回路不正常！我喜歡他哪裡？喜歡被他虐嗎？又不是被虐狂！我腦子進水才會喜歡他！」

我不再理會她，縮起脖子想要回去，然而不經意間一瞥，發現路燈陰影處站著一個人。剛才只專心和秦雪薇說話，竟然沒有發現。

因為在陰影處，他的臉我看不清楚，但那身影滿熟悉的，「宋若谷？」

宋若谷從陰影中走出來。他的表情淡淡的，沒看我也沒看秦雪薇，只是盯著地上的雪，眼眸低垂。

雖然他沒擺臉色，但我覺得他的心情似乎不太好。廢話，不小心偷聽到別人說自己壞話，不管是誰心情都不會好，更何況是宋若谷這種小心眼的人。

我有點心虛。

「她說得對，」宋若谷依然看著地上，彷彿那底下藏著什麼寶藏，「我們確實分手了。」

喔，這是在向秦雪薇解釋了。

「若谷……」秦雪薇欲言又止。

「而且，我也不喜歡她，一切都是一場鬧劇。」他說著，突然抬起頭看我。

紛揚的雪花間，我只覺得他的目光像是兩把冒著寒氣的劍，刺向我。

我心頭一緊，落荒而逃。

第十一章

我和宋若谷彷彿絕交了。

我們之間沒有再打電話，沒有在網路上聯絡，也沒有再見面——雙方似乎都在躲避這種尷尬時刻。

如果忽略掉我的作用，那麼軲轆娃公司現在就只有史路一人坐鎮，他好不快活。

但我卻很內疚。

我想，我這次說的話確實很過分。當面這樣罵人已經是很重的話了，更何況是在背後說，太不厚道了。

而且，宋若谷條件好，愛慕他的人也多，我這樣明白地鄙視他，一定很傷他的自尊。

而且還是在秦雪薇面前。他對秦雪薇喜歡也好，不喜歡也罷，總之其中都摻雜著兩人之間的較勁。

我和宋若谷沒有什麼苦海深仇，兩人之間雖然談不上互相欣賞，但也算熟識。現在突然擺出一副老死不相往來的架勢，實在讓我很意外。

也有點失落。

我想跟他道歉，又不知道該如何開口。每次處理關於宋若谷的事情時，我總會失去正確的反應能力，不知道該如何面對。

我想傳簡訊給他，反覆改來改去，最後只有三個字：對不起。

宋若谷一直都沒回覆我。

他這幾天想必是真的忙，元旦迎新晚會就要開始了，他是男主持人。女主持人是秦雪薇，如果只考慮眼睛的感受，他們兩個站在一起，實實在在的是一對璧人，賞心悅目。

我對元旦晚會不感興趣，我期待的是接下來的假期。

第一天，和史路一起堆雪人。

第二天，和史路一起去滑雪。

第三天，在史路的公寓裡吃火鍋。

假期回來的那週有幾份作業要交，我怕趕不上，所以想提前寫一些。史路在晚會現場一邊看表演一邊吐槽時，我正在自習室悶頭寫作業。

結束時已經是晚上十點多，我揹著書包，邊走路邊刷著微博。

晚會已經結束了，許多人發了與此相關的微博。學生會那幫人又去聚餐了，還有人直播現場各種情況。

好幾張照片都是宋若谷在拚酒，也不知道他今天能喝多少。

咚！

一邊走路一邊玩手機是不對的，我捂著腦袋心想，也不知道是誰那麼倒楣，被我撞到，得道歉才行。

然而等我一看到眼前的人，就覺得活見鬼了，「宋若谷？」

宋若谷被我撞得向後踉蹌了一下才站穩。

我搖了搖手機，「你不是在喝酒嗎？」怎麼會出現在這裡？

宋若谷沒說話，目光迷離，表情茫然。

「你沒事吧？」我舉手在他面前揮了揮，沒反應。

我有些擔心，又拉了他一下，結果他現在像紙糊的，被我一碰竟然就要摔下去。我當然不能欺負醉鬼，只好轉身去扶他，誰知道喝醉的人重得要命，我不僅沒扶住，還被他帶得一起倒了下去。

宋若谷被我壓在身下。

這場景怎麼看怎麼眼熟。我想起那場籃球賽中發生的一幕，突然很不好意思。

「咳咳，那個……啊！」

宋若谷突然俐落地翻個身，換成他把我壓在身下，那身手敏捷的程度一點都不像個醉鬼。

「宋若谷，你要幹嘛？」我有點摸不著頭腦，這人到底還有幾分清醒？

他沒說話，低頭靜靜地看我，像是在觀察一個陌生人。大概是喝醉的緣故，他的眼睛矇上一層水光，瞳孔幽黑純淨，看起來溫良無害。

初步鑑定，這人因為醉酒，暫時回到幼兒階段。

我想掙脫他，現在兩人的姿勢很尷尬，這裡雖然比較偏僻，但也難免會有人路過。

似乎是為了阻止我掙扎，他越抱越緊。

「宋若谷，你知不知道我是誰？」我嘗試喚起他的理智。

大概是為了回答我這個問題，他又湊近了一些，非常認真地看著我。

他長得真的很好看。一雙英眉不粗不細，黑如鴉羽，根根分明，毫不雜亂；眼睛不大卻極有神采，眼角微微上挑，這雙眼睛笑起來時彎彎的，心情不好時則極顯威嚴；鼻梁高挺，襯托得整張臉更有立體感，也分外有神；雙唇豐潤，唇形優美，不知造物主費了多少心思去描畫。他的頭髮很短，卻又經過精心打理，露出光潔飽滿的額頭。

我也不知道自己是怎麼想的，抬起手來輕輕戳了一下他的臉，「你皮膚真好。」

他抓住我的手向下拉，突然低下頭。

我眼前一花，只感覺唇上被一片柔軟沉沉壓迫著，鼻端飄散著散不開的酒精味道。

我頓時明白了是怎麼回事。

他這又是發什麼瘋！

我實在推不開他，只好偏過頭，躲開他這莫名其妙的吻，「你能不能放開我？乖。」我嘗試誘哄他，儘量露出真誠的眼神。

可惜他暫時無法接收這種信號。他追著我，又覆上來。這次不再僅僅是雙唇相貼，而是含著我的嘴唇或輕或重地舔著，還用牙齒輕咬。

唇上傳來微微的痛感。

「你放唔——」

我很後悔在這個時候開口說話，他終於找到機會進行更進一步的侵入。然後他的動作突然激烈起來，像是把自己拋入一場絕望的戰鬥。

我被他親得嘴巴痛又腦袋空白，只好用力一咬牙。

「唔。」他吃痛，停下來，順勢把頭埋在我的頸窩。

耳邊迴盪著他劇烈的喘息，我試著動了動，「宋若谷？宋若谷？」

他沒吭聲。

「你能不能先放開我？」這筆帳我會等你清醒的時候再算。

他沒動，喘息聲漸漸平復下來。

「宋若谷？宋若谷？」

耳邊傳來平穩的呼吸聲。

這傢伙就這樣睡著了。

我……

被宋若谷這麼一鬧，我晚上也沒睡好，第二天和史路一起堆雪人時也無精打采的。

「紀然妳到底怎麼回事，我們要堆的是雪人，不是饅頭！」史路很不滿。

我扶著一枝掃把，拄著下巴沉思。

「妳怎麼了？」史路發現我的異常。

我和我的密友無話不談，所以就把昨天的事都跟他說了。

史路不屑地一哼，「又是宋若谷，你們不是已經分手了嗎？」

「我們是分手了，確切地說，我們根本就沒真正在一起過，你也知道。可是你說，昨天他到底是怎麼回事？」

「根據我多年看偶像劇的經驗，他很可能先天帶有一種喝醉酒就親人的怪毛病。」史路思索了一下，答道。

我不明白，「還有這種病？」

史路很有自信，「妳別不信，他昨天有沒有認出妳是誰？」

「這個……好像沒有。」

「所以嘍，不信妳可以自己問他。」

雖然對史路的話相信了一大半，但不問清楚的話，我心裡還是會有疙瘩，因此我只好撥通了宋若谷的電話。

『喂？』宋若谷的聲音裡透著宿醉後的疲憊。

「宋若谷。」我有點緊張。

『嗯。』

「那個……你昨天……」

『我昨天怎麼了？』

「你還記不記得自己昨天晚上做了什麼？」

『主持迎新晚會。』

「之後呢？」

『聚餐。』

「然後呢？」

『……』

好吧，他果然不記得了。我鬆了口氣，看向史路，他眨眨眼睛，一副「早就知道是這樣」的表情。

另一邊，宋若谷又說道：『紀然，妳現在想怎樣？』

「也沒什麼，我其實一直想跟你道歉。對不起，我那天不是故意那樣說的。」

『就這些？』

「嗯。」

『我知道了，再見吧。』幾乎是和最後一個字同時，他掛斷了電話。

這傢伙看起來心情不太妙啊。

◇

過完元旦假期不久，進入考試週了，我也不再想其他的，專心備考。因為大家都在搶位子，所以我經常去史路的公寓看書。他倒是不怎麼念書，該打電動時打電動，該看電視時看電視，心情好的時候會做些好吃的，當然大部分時候，這些東西最後都進了我的肚子。

但我總覺得史路似乎有什麼心事，而且他不希望我知道，因為等我仔細觀察時，他又變得無比正常。

大概是最近發生的事情太多，導致我神經錯亂了吧，我想。

我和宋若谷也沒再聯繫，我以為我們之間的事情大概就到此為止了，以後也頂多是見到面，點個頭之類的交情。交朋友這種事情要看時機和緣分，強求不來。

然而我太低估這個名字的殺傷力，它又陰魂不散地纏上來了。

某日，我念完書走回宿舍的路上，遇到一位美女。此美女瘦瘦高高，面容姣好，只是目光中透露出些許陰狠。

她抱著雙臂站在我面前，眼皮微抬，表情不屑，「妳就是紀然？」

看來我現在的知名度很高，路上的隨便一個陌生人都能馬上認出我來，「我是紀然，妳要簽名嗎？」

她冷笑，「就是妳搶了雪薇的男朋友？」說著目光在我身上掃了幾下，嘖嘖搖頭，「很一般嘛，這年頭的男人品味也太差。」

我頓時覺得一陣頭痛，「妳說得對，我很一般，所以宋若谷絕對看不上，因此我和他真的沒有什麼，再見！」

「妳給我站住！」

才怪！

耳後突然一陣風，我猛地向前一步，轉過身去，看到她撲了個空。我有點火大：「妳到底要怎樣！」

她臉色很難看，一巴掌朝我臉上揮過來。

我這人大腦的營養都補給小腦了，所以在打架這件事上天賦異稟，這時候怎麼可能傻等著她搧我耳光。因此我揚手抓住她的手腕，另一手毫不猶豫地搧回去，「啪」地一聲脆響，她的臉蛋頓時紅了。

大概是料想不到事情會發展成這樣，她一下子愣住了。

我現在差不多知道她為什麼會出現在這裡了。這人一看就是跋扈慣了，脾氣又暴躁，實在太容易被人從後面推出去利用了。聽說我們三個之間的八卦後，就想來教訓我。

只是我和宋若谷的八卦傳得沸沸揚揚時她不來，偏偏我們倆都已經不說話了她才要來揍我，很可能是受到某些人的挑撥。

看來秦雪薇未必把這個人當成真朋友。

只是秦雪薇此舉太過多餘，她明明已經知道事情真相，為什麼又挑動別人來找我麻煩？

頭好痛。我放開她，轉身就走。

她很不服氣，這回是火力全開地要上來揍我。我終於見到比我還腦殘的人了，明明知道打不過還不見好就收趕緊溜，真以為全世界都會讓妳嗎？老娘不打妳，妳就不知道我文武雙全是吧！

這女孩練過兩下子，難怪會那麼自信滿滿地跑來揍人。

可惜她終歸不是我的對手，我這下子火氣也上來了，這幾天憋在心中的鬱悶全轉移到手上發洩出去，打完之後，神清氣爽。

她蹲在地上嗚嗚嗚地哭著。

其實我下手也沒多重，只不過讓她痛一點，我自己的臉也沒擋好，被她打了一下，火辣辣地疼。

所以我沒做他想，打爽之後就走了。

過了兩天我就接到老六的慰問電話。原來被我揍的那女生來頭不小，是家中的掌上明珠，這下被人打了，驚動了不少人。

我打了個哈欠，「然後呢？」

『妳放心吧，她被她爸罵了一頓，應該不會有人為難妳。』

「嗯，謝謝你。」

『不過……秦雪薇說要幫她報仇，妳這幾天小心一點。』

我不禁冷笑。秦雪薇這伎倆倒是不錯，先鼓動別人來揍我，一看不成，又以為好朋友報仇的名義來找我麻煩，這樣不管她做了什麼，別人只會認為她有義氣，而我活該。

我真是不明白。我雖然不怎麼喜歡秦雪薇這個人，但依我的了解，她是個很大氣的女生，應該不會這麼無理取鬧，這其中恐怕是有什麼隱情。

我到底忽略了什麼？

不管了，先好好考試吧。我相信身為資優生的秦雪薇即便特別想收拾我，也不會在這個時候出手，她也會認真準備考試吧。

然而這次我又猜錯了。

◇

這天上午考的專業科目是授課老師親自監考，這位老師姓厲，人如其姓，對待學生就像冬天一樣寒冷，整整一個學期，我們從來沒看過他臉上展露出一絲笑容。

這種嚴厲在面對考試時又會再升高一個等級，他是T大的「四大神補」之一，手底下掛掉的冤魂無數，而且如果有學生被他抓到作弊，很可能會直接退學。

所以我拿出當年考大學時的熱情，戰戰兢兢、一絲不苟地複習他這門課。

然而，考試時還是出現了麻煩。

整張考卷的題目並不算難，我答得還算順利。距離考試結束還有一個小時，秦雪薇就要交卷了。我聽到動靜，抬起頭，看到她從我身邊走過，講臺上的兩位監考老師暫時被她擋住。

我也沒在意，低下頭打算繼續寫，突然發現桌上多了一張紙。

普通的作業紙，折了兩折，因為比較薄，所以能透過紙背上的痕跡看到裡面用簽字筆寫了許多東西。

我好奇地拿起來。

秦雪薇的身影已經遠去，監考老師的目光向我看來。

我的大腦一片空白。

現在藏起來已經來不及了，我又沒有吃掉它的勇氣，所以只能眼睜睜地看著那位冷面老師走下講臺，搶過我手中的紙，順手把我也拎出去。

這下完蛋了。

厲老師拿著一個資料夾，要登記我的名字。

他現在寫這麼兩筆報上去，我大概就凶多吉少了，所以此時我也急了，「厲老師您聽我說，我是被冤枉的！」

厲老師大概是想不到有人被當場抓到作弊還能這麼說，所以他意外又不耐地掃了我一眼，「姓名，學號！」

「厲老師，那張小抄其實是秦雪薇的，她故意陷害我！」

走廊很空曠，我的聲音被放大，應該裡面的學生都能聽到。厲老師皺眉，把我帶到一個偏僻的樓梯口，「她為什麼這樣做？」

「……私人恩怨。」我也想知道她為什麼這麼恨我！

他臉上寫著不耐煩與不相信，但無論怎樣的不相信，還是需要證據來反駁。他回去把秦雪薇的考卷拿出來，舉著小抄和考卷對比字跡，然後面帶嘲諷地看著我，「妳覺得這些是同一個人寫的？」

考卷和小抄上的字跡截然不同，傻子都能看出來不是同一個人。

我又想到一個可能，「她可以叫別人寫，然後帶進來。」

「那麼她叫誰寫的？」

「……」我怎麼知道！

「我只相信證據，拿不出證據來就別說了。」

「可是我根本沒看！」

「妳只是來不及看，說吧，姓名，學號。」

「厲老師，我會被退學嗎？」

「這個要等校方的處理，我只負責如實上報，」他登記完我的資料，很不耐煩地說道，「好了，妳先回去吧。」說完也不看我，轉身離去。

我頹然地扶著樓梯，心漸漸地沉下去。

怎麼辦，怎麼辦……

我現在是跳進黃河也洗不清，如今只有乖乖找秦雪薇認錯裝乖，以期她能向厲老師解釋。但這種希望也很渺茫，畢竟如果她承認了作弊的就是她……

我終於下定決心，把秦雪薇堵在宿舍樓下。她穿著毛呢大衣和高跟長靴，波浪捲髮，烈焰紅唇，高傲地看著我。

「秦雪薇，對不起，我錯了。」我忍著心中的怒意，拉下臉來對她說。

「現在知道錯了？晚了。」她撫了一下肩上的頭髮，笑得得意。

「妳……我要怎樣做妳才能放過我？」

「我為什麼要放過妳？我只希望永遠都不用看到妳。」

她果然是想讓我直接被退學。我胸口堵著一口氣，上不來下不去，只好忍了又忍，「秦雪薇，我到底做了什麼，竟然能讓妳做到這種地步？麻煩妳說明白，也讓我死個痛快。」

她這回也不裝含蓄了，「從來跟我搶東西的都沒有好下場，更何況是搶我的男人。」

「我沒有跟妳搶宋若谷，我和他的關係我已經說得明明白白，妳到底要怎樣？宋若谷喜不喜歡妳只是妳們的事情，跟我沒關係，麻煩妳不要遷怒於我。」

「跟妳沒關係？」她冷笑，笑容裡帶著一絲諷刺。似乎是想起了什麼，她眸光一閃，「就算跟妳沒關係……那好，我只是看妳不順眼，這樣可以了吧？」

「妳……」

「再見！」她走開兩步，又倒回來笑道：「喔，這樣說也許不準確——如果妳被退學了，我們以後就再也不會見了。」她大笑著離去。

我氣得渾身發抖，卻又無可奈何。

我越想越覺得自己被退學的可能性很大，我不知道要怎麼跟我爸媽說，我媽一定會把我打死的。而且如果是因為真的作弊被抓、被退學我也認了，重點是我什麼都沒做啊！

我很怕，也很沮喪。我連能商量的人都沒有，打電話給史路，他手機還是關機。

回到寢室，幾個室友都在。我一進門，就引來所有人的注意。我苦笑一聲，扶著門有氣無力地說：「我真的沒有作弊。」

「我們相信妳，秦雪薇確實是能做出這種事的人。」老大把我拉進去，讓我坐在椅子上，「可是現在怎麼辦？厲老師這個人本來就多疑，他未必會相信妳啊！」

「不知道，可能會被退學吧，我現在有多少張嘴都說不清楚。」

「除非秦雪薇親口承認。」老三補了一句。

我捂著臉長嘆，「她不會的。」

「我想到一個辦法，」老四說道，「我之前好像聽說，宋若谷的媽媽和我們學院的院長是同學，如果……」

如果宋若谷的媽媽肯幫忙說情，大概厲老師也不會不賣院長面子。

可是他憑什麼幫我呢？

雖然秦雪薇這麼整我，說來說去還是因為宋若谷，可是我和宋若谷現在關係很冷淡，形同路人，他會願意幫我嗎？

老大和老三也覺得這個主意不太好，都沒有說話。因為我和宋若谷不來往了，而秦雪薇近期和宋若谷又屢次高調放閃，所以在她們眼中，應該是我已經被踢出局，宋若谷就更沒有理由幫我了。

但是，我真的無法承受被退學的後果啊。

想不出更好的辦法，我也只好先試一試了。

我把宋若谷約到常去的那家咖啡廳。想到我們兩個第一次一起坐在這裡時，還在商量要怎麼樣把秦雪薇追到手，現在我卻在秦雪薇的手段之下不得不求他幫忙，人生還真是無常啊。

宋若谷看起來心情不錯。他問我：「考得怎麼樣？」

「……」本來我還醞釀著想問候他一下，沒想到他這句話正中紅心，讓我眼淚差點掉下來。

我也不繞圈子了，直截了當地說道：「宋若谷，我把你約出來，是想……想請你幫個忙。」

宋若谷的臉色一下子變得有些冷淡，「嗯，這麼久妳也沒打個電話給我，現在有事才想起我來？」

我無地自容地埋下頭。某種程度上他說得確實沒錯，可我之前總覺得我們之間彆彆扭扭的，實在不知道該怎麼跟他溝通。現在，為了我那可憐的學籍，我只好硬著頭皮說道，「其實……我很想你。」

宋若谷良久沒有說話。

我覺得奇怪，抬起頭，發現他正愣愣地看著我，目光幽暗，情緒不明。

我以為我說錯話了，可是從開始到現在我也沒說幾個字，到底是哪裡錯了？「宋若谷？」

他回過神來，又開啟毒舌特技，「收起妳那刻意討好的樣子，看了就噁心。」

「……」

他隨意地輕敲著桌面，「說吧，到底是什麼事。」

我把考場上發生的事情原原本本地說給他聽，末了補上一句，「她這樣做都是為了你。」所以你其實是間接的凶手，也要負責。

宋若谷想了一下，說道：「紀然，我暫時不能讓我媽去跟院長說情。」

「喔。」早知道會這樣，我低著頭，難掩失落。

「因為那樣雖然能保住妳的學籍，但這樣也承認妳作弊的罪名了。這對妳不利。」

「嗯……嗯？」

「所以我先看看能不能幫妳澄清，實在不行再想別的辦法。」

他竟然能幫我想得如此周到，處處考慮我的處境。我想到自己之前傷害他的那些話，頓時又羞又愧，滿臉通紅。我感動地看著他，「宋若谷，謝謝你。」

他不自在地側臉看向窗外，「客氣什麼。」

看著他的側臉，我突然想起他喝醉的那個晚上，頓時臉上更熱了。

我一定是中邪了。

第十二章

我知道宋若谷的效率很好，但我沒想到能好到這種程度。第二天，他就來找我，遞給我一個錄音筆。

「這是什麼？」我覺得奇怪。

「打開聽一下就知道了。」

我照做，然後就是越聽越震驚。

這是一段十幾分鐘長的錄音，整段錄音記錄了宋若谷循循善誘，把秦雪薇從作案動機到作案經過套出來的完整過程。

秦雪薇也算是精明了，卻輕而易舉就被宋若谷搞定，不得不說眼前這個男生太可怕了。

我崇拜地看著他，「宋若谷你說實話，你是不是學過催眠術啊？」

我那崇拜的眼神讓他很受用，他屈起手指輕輕敲了兩下我的腦袋，好看的笑容中難掩得意，「馬屁拍得不錯。」

我捂著腦袋，不知道為什麼有點無言。

宋若谷又問：「老實說，妳這門課複習得怎麼樣？」

「不敢說好，但確實是我所有科目中最努力準備的一科。」

他點了點頭，「那就好。秦雪薇答應會向老師主動承認，但保險起見，妳得多做兩個準備。如果她中途變卦死不承認，妳就申請驗指紋，找化學系的老師幫忙不算難事；另外妳也可以向授課老師申請單獨考試，以證清白，當然，前提是妳確實能得到一個不錯的分數。」

我被他說得兩眼冒星星，「你想得也太完整了。」秦雪薇那點伎倆放在他眼前還真是不夠看，我還因為這件事情擔心得快哭了，到他這裡三兩下就能解決。

他笑了笑，輕輕捏了一下我的臉，「好了好了，別苦著張臉了，小事！來，笑一個！」

我朝他齜牙咧嘴。

我們三人從學院辦公室走出來之後，我長長地舒了口氣。看看另外兩個人，宋若谷面無表情，而秦雪薇臉色陰沉得可怕，彷彿要殺人。

剛才她在兩個副院長、一個教務主任，以及厲老師面前，親口承認自己因為私人恩怨栽贓嫁禍，其他人知道她來頭不小，忍住沒說什麼，厲老師卻是狠狠地訓了她一頓。秦雪薇是個好強的人，現在心情會好才怪。

但是也不太好說她是作弊，他們又想賣秦家一點面子，所以事情只好不了了之了。身為直接受害者的我，能洗刷冤屈已是謝天謝地，所以也沒有死纏爛打地要求要處分她。唯一對此處理結果表示不滿的只有厲老師了，然而他也沒辦法改變什麼。

厲老師的怒氣最終找到出口，他決定幫我的期末考試分數加二十分。

所以我走出辦公室時驚喜異常，毫不掩飾、笑嘻嘻地看向秦雪薇，目光中帶了點挑釁。

秦雪薇咬牙，目光銳利，「小三。」

「……」我有點惱火，這年頭小三這個詞已經成為一個方便的武器，隨便什麼人被安上罪名後就會被一路追殺。可問題是我清清白白的，跟這個詞一點關係都沒有好嗎？

我走到秦雪薇面前，嚴肅地說道：「首先，從道義上來說，妳和宋若谷分手在先，我和他湊一起在後，所以不存在小三的問題；其次，從感情上來講，我不管你們感情如何，我和宋若谷根本就沒什麼，他不喜歡我、我也不喜歡他，所謂小三根本鬼扯。所以，妳搞不定男人那是妳自己的問題，別動不動就扯上我。」

秦雪薇氣得臉都有些扭曲，但她這次沒罵我，而是帶著詢問的眼神看向宋若谷。

宋若谷看了我一眼，轉而迎向秦雪薇的目光，「是，我不喜歡她，所以妳以後不用為難她了。」

「你別以為我像她一樣好打發。」秦雪薇甩下這句話後，板著臉離開了。

我摸摸鼻子，其實心裡還是有點擔心，這個秦雪薇的手段太陰險，以後她要是三不五時地陷害我，我也就別混了。

宋若谷臉上又有了笑，「紀然，這次妳打算怎麼謝我？」

他這次還真是幫了我一個大忙，因此我拿出前所未有的慷慨，「吃喝玩樂隨你挑。」

他笑咪咪地摸出一張宣傳單，看樣子是早有準備。

我攢了將近一年的私房錢，就在他拿出宣傳單的那一瞬間註定要香消玉殞了。

◇

這幾年真人CS野戰遊戲甚是流行，作為一個頭腦簡單、四肢發達的CS粉，我也時不時地會去體驗一下親臨戰場的刺激感。可惜冬天一下雪，這種遊戲就只能移到室內，玩起來也就頗有些綁手綁腳的感覺。

生意人頭腦好，乾脆弄出一套雪地CS的打法，冰天雪地裡的槍戰也別有一番趣味。宋若谷拿出來的宣傳單就以此為噱頭。當然，如果僅僅是雪地CS也花不了太多錢，不過沒關係，配套的還有雪地野餐、海鮮大餐、溫泉館，總之不會讓你的錢包有機會喘息。

我……

喔，對了，宋若谷還有一個附加條件：不准找史路！

他真的是個變態，玩個CS還自帶裝備，而且是一整套，當然占有優勢，我用租來的裝備跟他對戰了一場，結果……結果就不說了。

所以在分配隊伍時，我堅定地和他站在同一條戰線上。

我們這次打的是30 vs. 30的對抗戰，從場地的規模和布景上來看，這家俱樂部還真是大手筆。因為都是散客，所以一時之間群龍無首，兩隊人馬很快就打得毫無章法。我和宋若谷也莫名其妙落了單，在叢林深處悠哉地遛達著。

老天爺很給面子地往下撒著雪花，輕飄飄地妝點著這琉璃世界。褐色的樹幹筆直插入天空，像是雪白圖畫紙上濃墨重彩的勾畫。

穿梭在這些筆直剛勁的筆劃中，有一種很不真實的感覺。

宋若谷穿著白色的作戰服，戴著面罩、防護鏡，身上七零八落地掛了一堆東西，很像那麼一回事。他時不時地攤開地圖看兩眼，又折好收起來。

「宋若谷，地圖借我看一下，你帶路帶得好像不對。」

他無動於衷，「沒有所謂對錯。」

「可是走半天根本就看不見人，我們打誰？」我覺得奇怪，以前也沒發現他有路痴屬性啊。況且這人智商深不可測，總不會連簡單的地圖都能看錯吧？

宋若谷終於說出他的企圖，「我們要找個地方埋伏起來。」

這句話導致我們倆在一個小山坡的背風處窩了半個多小時，我真後悔聽了他的餿主意。

宋若谷顯然不這麼想。他和我緊緊靠著，拿下面罩後閉著眼睛，深深地吸了一口氣，那表情看來非常暢快，更別提有多享受了。完美的側臉搭配神光內斂的貴氣，配上這樣的表情，竟然有一種驚心動魄的墮落美感。

我看得心驚肉跳，「宋若谷，你嗑藥了？」

他睜開眼睛看向我，眸子澄亮無波，「妳不懂。」

「是，你們外星人的世界我確實不懂。」

「冷嗎？」說著，他遞給我一個扁方的不鏽鋼小瓶。

冷倒是不冷，但被外頭冰涼的空氣浸著，也不怎麼舒服就是了。我接過小瓶子擰開一聞，裡面是酒，喝了兩口，入口醇香，倒不是很辛辣，酒液滑過食道，流進胃裡，頓時暖呼呼的，像是升起一小團火。

宋若谷拿過酒瓶，擦也不擦一下就直接咕嚕咕嚕地灌了幾口。

「咳咳。」我頓時就有點不好意思了，可是他都不嫌棄，我也不好意思說什麼。

宋若谷像事不關己一樣，還意猶未盡地舔了舔嘴角。雪花落在他的唇角上，很快溶入那一片潤澤之中。

「咳咳咳咳。」這酒後勁很強，我的臉都開始發熱了。

宋若谷頗有在地生根的打算，抱著槍老神在在，一點都不著急。但是我受不了，冰天雪地裡蹲在一個地方不活動，待久了就超冷。他表示不介意，又默默掏出酒瓶遞給我……

我嚴肅地謝絕他的好意，並威脅他，「既然你那麼喜歡這裡，那就長眠於此吧！」說著舉起槍對準他。

為了避免自相殘殺的慘劇發生，他只好妥協，和我互相攙扶著爬上斜坡。斜坡比較陡，導致我好幾次腳下打滑往下墜，每次宋若谷都能輕而易舉地揪著我的後衣領，把我拎回來。到這時我才不得不承認，我才是那個像豬一樣的隊友。

等到終於爬上去時，我伸展了一下手臂，發現不對勁，不遠處似乎有一個影子一閃而過。我揉揉眼睛，又什麼都沒看到。

雪白的背景，深刻的線條，安靜得讓人心生警惕。

我抓緊槍，神經緊繃。

在宋若谷的右前方，一塊隱藏在白雪之下的大石頭後面，悄悄地伸出一個槍口。

從小到大，我們看過許多電視劇，其中有無數為自己的親人、朋友、愛人擋子彈、刀、箭、暗器等各種感人的鏡頭。多年浸淫在狗血電視劇中的我，也曾幻想過要當那個捨己為人的悲情炮灰，過一把犧牲小我，成就大我的癮。

而此時，機會來了。

於是我當機立斷，大義凜然地撲向宋若谷，「小心！」

宋若谷已經舉起槍，打算等那個偷襲者一冒出來就爆他的頭，但被我一撲，槍偏了十萬八千里，朝半空中放了一下。

而且，因為我們是剛爬上來，所以身後一步就是那個斜坡，於是乎……

我和宋若谷抱在一起，一路順暢無阻地滾到坡下。

停下來時我的眼前直冒星星，脖子裡還掉進去好多雪，那感覺真是太銷魂了。

宋若谷也好不到哪裡去，他的防護鏡掉了，騷包的面罩上沾了雪，連眼睫毛上都是。他的睫毛很長，帶著雪絲貶起來，一抖一抖的，像是濃翠的杉樹上結了霧凇。

鬼使神差地，我屈指在他的睫毛上輕輕一彈。

霧凇撲簌落下，宋若谷只好閉上眼，噙著笑說道：「紀然，我這是第幾次被妳壓了？」

「……」我竟然忘了他是傳說中的不要流氓會死星人。

我跌跌撞撞地想從他身上爬起來。

一聲槍響，把我們的注意力拉回到斜坡之上。那裡出現了兩個人，看樣子是想居高臨下，一舉殲滅我們。

於是我還沒站起來又被宋若谷拉下去，他抱著我在地上亂滾，邊滾邊說：「有敵人！」

這不是廢話嗎？

不過他確實有兩下子，他在滾來滾去的空檔竟然還能舉槍射擊，最神奇的是，那兩個敵軍還沒打到我們，就被他一一擊斃了。

兩個敵軍以一種悲壯的姿勢倒下去，躺在地上高聲哀嚎：「狗、男、女！」

宋若谷又爬上斜坡，舉槍對著那兩人一陣慘無人道的鞭屍，那情形真是讓人不忍卒睹。

做完這些，宋若谷向我招手，「過來。」

「怎麼了？」我的頭暈還沒緩過來，聽話地走了過去。

考驗演技的時刻到了！剛才還生龍活虎殘忍地鞭屍的宋若谷，此時臉色一白，向我倒來，

他裝得太像，導致我一時信以為真，扶住他傻兮兮地問，「哪裡？痛嗎？是不是剛剛滾下去的時候弄到的？」

「我受傷了。」

地上的死屍哼哼唧唧，「無恥！不要臉！」

宋若谷指了指自己的腿，「被他們打傷的。」

「……」我現在也想打兩下。

我想推開他，奈何他摟著我的脖子不放手，說：「妳就是這樣對待負傷的戰友？」

我忍！

於是接下來的時間裡，這小子就這樣厚著臉皮，一直被我攙扶著打到最後。他一手攬著我的肩，一手扛著槍，遭遇敵軍時反應超快，劈哩啪啦三兩下就能乾淨俐落地收拾掉。以至於我們就這麼勾勾搭搭、大搖大擺地在整個戰場內流竄，竟然也能毫髮無傷，如有神助。

喔，不算無傷，人家的腿受傷了呢。

宋若谷很愛惜他的傷腿，腳下只輕輕點著地，這條腿需要負擔的支撐力就轉移到我身上，我頂著滿頭大汗，對他的臉皮厚度又有了全新的認識。

明明什麼都沒有，他竟然能裝得如此逼真，儘管無恥，實在也令人嘆為觀止。

偶爾，他會假惺惺地問：「妳累了嗎？」

「你應該問我『累死了嗎？』。」

「喔，要不然我自己走吧？」

「好啊。」

「閉嘴。」

果然，我就不該對他的人品抱有太高的期待。

他比我高出不少，導致我現在像是被他摟在懷裡，耳畔是他的呼吸聲，溫熱的氣息甚至噴到我的脖子上，我心裡又湧起一股彆扭的感覺。也不知道為什麼，在面對宋若谷時，我總會不自覺地有這種感覺。

一場對抗戰打下來，許多人都累得像狗一樣，扶著膝蓋張大嘴巴喘氣，就差吐舌頭了。

宋若谷倒是不累。他現在又四肢健全了，眉飛色舞地跟我討論戰績。我以前總以為他沒什麼表情，其實我錯怪他了，他的表情很豐富，只是不輕易表露而已。現在他被勝利沖昏頭，便有些得意。他的得意激怒許多人，那些被他打傷的、擊斃的、鞭屍的夥伴們極有默契地聚在一起，各自搓了許多大雪球，一起往他身上砸。

為了免遭誤傷，我果斷地躲在一旁看熱鬧。

宋若谷對我此舉表示很不滿，他的不滿直接體現在晚飯的菜單上。原定的套餐已經不能滿足他，他翻了兩下鑲著金邊的菜單，隨手指了幾個菜，在我忍痛刷卡的悲痛表情中享受只有變態才能體會到的快感，然後他就滿足了。

喔，晚飯之前我們還泡了個溫泉，因此吃晚飯時，他裹著一件浴衣就進了包廂。浴衣是純白棉質，樣式簡單，他隨意地穿在身上，露出脖頸至鎖骨以下的大片肌膚，修長有力的大腿遮在浴衣下襬中，若隱若現，簡直讓人……

不忍直視。

雖說在這種地方這樣穿的人也不少，偏偏他穿出了如此令人噴鼻血的效果，關鍵還是身上有料，再加一張帥臉，簡直無敵。上菜的女店員都看傻了，每上一道菜都要東摸西摸一會兒才離去，殷殷勤勤地問我們需不需要這個、需不需要那個，再過一陣子，就變成兩位店員來上菜了。

我是不是應該慶幸，宋若谷不是腰間圍條小毛巾就跑出來。

見我不停地往他身上瞄，宋若谷優雅地擦了擦嘴角，質問我，「紀然，妳是不是對我有什麼企圖？」

「……」天下的帥哥要是都不會說話，該有多好。

◇

宋若谷把我的錢包掏空之後終於停止了，他還假惺惺地開車送我和史路到火車站。幸好我的車票是提前買好的，否則就沒錢回家了。

史路全程板著臉，以此表達他的心情差到極點——我和宋若谷「幽會」（史路原話）不帶他去這件事讓他很生氣，他對我們的友情產生了質疑。

宋若谷一看史路不開心，他就很開心。

我也懶得哄史路，就這樣一路迷迷糊糊地睡回家。在交通工具上大睡特睡是我的獨門絕技之一，只要不是曳引機級別的怪獸，我都能在坐下來十分鐘內進入夢鄉，也因此我不太敢一個人坐長途車。

下車踏在故鄉的土地上，史路的臉色總算好了一些。他吃力地拖著一個巨無霸的大行李箱，因為實在太大了，引來路人頻頻側目。你根本就猜不到他到底塞了什麼在裡面，我就沒見過比他更女生的女生。他以前雖然娘，但還沒娘到這種程度，都要怪T大的女生太少了，所以男生們紛紛義無反顧地站出來反串了。

……我抓抓頭，我又想太多了。

寒假的生活內容也就那麼幾樣，見見熟人、拜訪親戚，當然最主要的還是吃喝玩樂。我和史路熟得不能再熟，兩家又離得近，因此兩人幾乎就是捆綁銷售的。所以作為他最親的密友，我很快就發現了這小子的不正常。

比如同學聚會，大家鬧得不可開交時，他很可能會一個人安靜地發呆，再比如他偶爾看向我的目光中，會帶著那麼點欲言又止；又比如以前別人開他玩笑時，他會爆炸、反唇相譏，但是現在他的反應就只是淡淡地笑，文靜的他看得人心裡發毛。

很好，連史路都有祕密了，我有一種「吾家有女初長成」的唏噓感。

坦白來講，我和史路作為密友，兩人之間很少有什麼祕密，不過既然他不打算主動和我說，我也就沒問他。

當然，另外一個理由是，我好像也有點說不出口的祕密了。

第十三章

我竟然有點思念宋若谷。

剛回家那幾天，我忙於縱情吃喝也沒察覺出什麼來，但除夕那天，他的一封祝福簡訊擠進我那亂糟糟的收件匣，一不小心就占據了那麼一點存在的空間。

簡訊一看就是隨便找了個範本，同時傳給一群人的，比起那些賣萌的、耍寶的、文字遊戲的並不起眼，不過語氣很親暱，就好像我們倆有八輩子的交情似的。

史路說過：悶騷的人從來都是說出來的話很悶，打出來的字很騷。

我把這封簡訊轉發，也傳給一群人，但我一時腦殘，犯了一個很嚴重的錯誤：我忘了把宋若谷的名字改成我的了……

然後我就被一群人嘲笑了。回覆的人中，除了例行對我的智商表達懷疑和憂慮之外，還有順著這封簡訊嗅出八卦的氣息，並一路追問的。

宋若谷傳來一串哀怨的刪節號。

過了很久我才知道，那封簡訊並不是套用什麼範本，而是某神經外星人絞盡腦汁想出來，單獨傳給我的。我對此表示深深的羞愧，不過那時候我們已經在一起了，所以我很快就原諒了自己。當然，宋若谷堅持懲罰了我，至於懲罰方式，呵呵……

此時我看著那串刪節號，才發現我犯的另一個嚴重錯誤，我剛剛好像，嗯，把這封簡訊原封不動地傳給宋若谷？

我順著這個內涵豐富的標點符號聯想到宋若谷此時的表情，不屑？不滿？不以為意？還是笑咪咪地思考要怎麼整我一下？

我的思想如開閘泄水，無限發散，進而各種各樣的宋若谷湧入我的腦海中——微笑的宋若谷、生氣的宋若谷、傲嬌的宋若谷、打壞主意的宋若谷、無表情毒舌的宋若谷……

最後畫面定格為穿著浴衣，慢慢吞地吃佛跳牆的宋若谷。

有些事情你回憶起來，才會發現人的腦細胞竟能如此強悍，把每一個眼神、每一個動作，甚至每一個細節都記得清清楚楚，彷彿精心製作的高畫質電影，一幀一幀地緩慢播放，把那些你看到的、你忽略的，甚至你故意迴避的，都毫無保留地展現在你面前。

我媽回到家時，發現她女兒正對著一串刪節號流鼻血。

她驚叫一聲，嚇得我血液幾乎逆流，鼻血就這麼縮回去了。我強自鎮定地抽了桌上的衛生紙擦鼻子，從專業的角度上找理由安慰她，「沒事，冬天太乾，微血管容易破裂。」

我媽很不安，非要拉著我去醫院，大過年的，我才不想這麼勞師動眾，於是拚命反抗。她只好拿走我的手機：「不行，我得看看妳手機裡有什麼重口味的東西。」

「媽，我已經成年了。」

「別說成年，妳就算成婚了我也是妳媽。」她理直氣壯地翻著，手機用得比我都熟練，先把影片找了一次，再找圖片，最後她成功找到一張兒童不宜的照片，要和我進行一番深入的探討。

照片背景是一張白色的床，一個男人躺在床上，上衣撩起，露出腹肌。其實這張照片還好，露得不算多，但是那個場景、那個氛圍，實在很容易讓人想歪。

這是宋若谷用我的手機強行拍的那張照片，說實話，我之前看了也沒什麼感覺，現在一看竟然又有流鼻血的衝動了，慚愧慚愧。

我媽福爾摩斯上身，僅僅透過這樣一張照片就推斷出我和男生開房間。我必然不能承認，畢竟她以為的開房間，和我做過的那個開房間根本就不是同一回事！於是我們就「有沒有和男生開房間」這個問題熱絡地討論了起來，爭論的焦點隨之過渡到「我能不能和男生開房間」，然後兩人針對「女生的婚前性行為」這個問題交換意見，接著，她幫我上了一堂健康教育課。

最後，是我爸拯救了我，他一進門就喊餓，我媽也就想起這世界上還有「晚餐」這件事，於是意猶未盡地奔向了廚房。我爸坐在沙發上，一低頭就看到手機上那張腹肌照。

為小肚腩自卑的某中年男人默默地別過臉。

事實證明我媽的記憶力還是很強大的，她並沒有把下午那件事配著晚餐吃掉，而是繼續對我進行慘無人道的摧殘，由於中途被打斷，所以她乾脆從頭來過。

我……

最終助我脫離苦海的是強大的春節節目，雖然年年都有人罵，但我媽依然是忠實粉絲，而且她看的時候旁邊必須有我和我爸護駕。一連看好幾個小時的春節節目實在非常耗費體力和腦力，新年的鐘聲敲響時，我站起來伸了個懶腰，腦子一片空白。

窗外綻開大朵大朵的絢麗煙火，手機叮噹噹地響個不停，許多人都趁這個時候發送祝福。我摸過手機，解鎖之後映入眼簾的是某人的腹肌，鬼使神差地，我撥了宋若谷的電話。才響了一聲，那邊就接通了，『喂？』他的嗓音低沉，伴著呼呼的風聲。

我張了張嘴，竟然不知道要說什麼。

『紀然，妳不會是打錯電話了吧？』似笑非笑的聲音。

「不是，就是想和你說一句，新年快樂。」

他低笑著，聽起來心情愉悅，『嗯，妳也是，新年快樂，恭喜發財。』

我又不知道該說什麼了。這時，手機那邊有人在叫他的名字，他應了一聲。我說道：「那就這樣，好好過年，開學見。」

『等一下，紀然。』

「嗯？」

『妳是不是想我了？』他調笑道。

「其實，宋若谷，你說得對。」

『真的？』他的笑聲低沉柔和，帶著泉水般的溫潤。

「我確實打錯電話了。」

『……』

在那之後我和宋若谷沒再聯繫，我偶爾去他的各種社交平臺上留幾句話，他竟然還不理我，看樣子是真的不高興了。這人什麼時候這麼開不起玩笑了，哼！

接下來的寒假時光過得忙碌又無聊，終於要開學了。

史路在寒假這一個多月竟然瘦了一大圈，猛一看像是縮水了，臉上那點膠原蛋白彷彿女明星整型後遺症發作，整個糾結成一團，讓我想捏捏他的臉都不知從何下手。

這種症狀，很像是相思病的臨床表現啊。

當然，也可能是得了什麼絕症。

有鑑於這小子是個禍害，依據「禍害遺千年」的歷史經驗，我排除了第二種可能。所以……史路這小子要戀愛了？

簡直……比不治之症還讓人難以想像啊……

儘管我腦補能力強大，此時也想不出他會跟什麼樣的人談戀愛，因此便勾著他的肩膀問：

「史路，是什麼人讓你這麼茶不思飯不想啊？」

「宋若谷！」

「……」

我是不是錯過了什麼，為什麼事情的發展如此離奇？難道他們兩個真的從相殺，走向相愛了嗎……想一想宋若谷和史路深情對視，兩人頭頂上粉紅泡泡亂飄的畫面，我一陣惡寒。

「紀然，我有一種預感，妳要被宋若谷搶走了！」

「……」這話是什麼意思，每個字我都懂，怎麼串在一起就讓人聽不懂呢？

史路見我沒反應，乾脆腦袋一歪，靠在我肩膀上，「紀然，我不希望妳被人搶走。」

「所以，你其實還是在擔心宋若谷想當我密友是吧？」我果然想太多了，根本就不該對史路抱太大的希望，他不是相思病發作，更不是得了絕症，這完全就是間歇性精神病發作的症狀吧！

「我不管，妳只能是我一個人的！」

「好好好，我是你一個人的。」我拍著他的後背安慰他。這小子也是個奇葩，就這件小事他竟然能發作一個月，所以說……藥不能停啊！

史路聽到我的保證，提起了精神，拉著他的巨無霸行李箱和我並肩走在校園中，一路上被眾人圍觀，我矜持地把頭埋得低低的，踢著腳下的石頭，冷不防和一個人撞個滿懷。這種場景似曾相識，我腦子中快速閃過一個昏黃、淩亂的冬夜。我呆了一呆，脫口而出道：「宋若谷。」

宋若谷的聲音在我的頭頂響起，「不錯，看都不用看就知道是我。」

我抬頭，還真的是他。這就叫冤家路窄吧？

宋若谷擋在我面前，沒有要讓開的意思，他比我高出差不多一顆頭，導致他看我的眼神自動附加了居高臨下的效果，給人的感覺傲慢而清冷，「吃了一個多月，路都不會走了？」

「還可以，你也不錯，」我用力拍了拍他的手臂，「看，都可以出貨了。」

「噗！」史路的笑聲中有些挑釁的味道。

宋若谷看也沒看他，「別亂摸，告妳性騷擾。」

史路拉起我的手，「紀然，我們走吧。」

宋若谷的目光滑下，落在我被史路握著的手上，「真是好姊妹。」

史路對這種級別的諷刺已經見怪不怪，所以坦然地翻了個白眼。而我想到另一件事，既然史路擔心我被宋若谷搶走，那我就當著他的面給他吃顆定心丸好了。

於是我對宋若谷說道：「喔，對了，我還有話要和你說。」

「什麼？」

「雖然你幫過我大忙，我很感激，但是我已經有史路了，所以……」我看著他，實在不知道接下來的話該怎麼啟齒，都要怪我不是神經病。

「所以什麼？」宋若谷斂起調笑的神情，臉上的肌肉細胞像是重新排列了一遍，換成一個肅穆的表情，他眼神灼灼地盯著我看，「所以妳想說什麼？」

他表現得太嚴肅，搞得好像國際核戰一觸即發，我被他盯得一陣緊張，可是心裡頭那種莫名其妙，始亂終棄般的心虛感是怎麼回事！我捏了捏拳頭，試圖驅逐腦子裡那股亂想的思維，「所以，我是不會和你成為密友的。」

宋若谷像是一台突然短路的機器人，一動也不動，表情也沒有絲毫變化。如此過了大概十幾秒鐘，他長呼一口氣，認真地說道：「紀然，我也一直有話想要對妳說。」

「什麼？」

「別光吃草，」他拍了拍我的頭，目光溫柔，「要多吃點藥。」

「……」我就知道，這小子毒舌模式一開啟，我立刻就被轟成砲灰。

因為在宋若谷那裡跌了一跤，所以我想在其他地方找回一點自尊，想來想去，無論什麼樣的正面交手，我似乎都不是他的對手，最好我只好選擇一個略微無恥的方式。

我要把他的腹肌照傳到論壇上。

喔，不只這樣。我順手把照片名稱從「宋若谷.jpg」改成「宋若谷.avi」，這個檔案的殺傷力馬上就上升了好幾個階層！

然而理想總是美好，現實卻不一定如此，當我把那個檔丟上校園ＢＢＳ之後，才發現我忘記換帳號。於是，那篇文章的ＰＯ文ＩＤ赫然就是「紀然」。

因為事關宋若谷，所以文章的點擊量很可觀，又因為事關「宋若谷.avi」，自然以火箭升空般的速度紅起來了。

當然，許多回覆都是「打不開」，然而，沒有人相信它其實只是一張照片，大多數人都堅信打不開是因為影片上傳時受損，畢竟上傳者是「紀然」，這名字和宋若谷擺在一起時，渾身都散發著「有料可挖」的光芒，所以怎麼可能沒有小電影呢！一定是哀傷的校園網速毀了此段影片！

於是他們紛紛要求我再傳一遍。

還有一些猜測影片內容的，其想像力之豐富，其口味之獨特，讓人不忍直視。

我落荒而逃。

◇

我自動忽略了這天晚上做的傻事，並且自欺欺人地認為這股風波很快就會過去，但第二天，這種自我催眠就被無數路人意味深長的目光所摧毀。

早上上課時，我在教學大樓遇到宋若谷和秦雪薇。週一早上第一堂課，我們的教室和宋若谷的教室在同一層樓，秦雪薇正把宋若谷堵在他們教室門口，氣氛劍拔弩張。

我目不斜視地路過，內心真誠地希望他們的鬥爭能專注一些，不要發現我。

「紀然！」秦雪薇叫住我，美豔的臉龐此時已經氣到扭曲了，顯得有些陰森。

我一抖，「啊？」

「妳！」她指著我，「下流、無恥、不要臉！」

「妳這話有語病，無恥和不要臉是同一個意思。」我明白她大概也因為「宋若谷.avi」而誤會了，但在說出真相之前我還是想氣氣她，誰讓我看她不順眼呢。

教室內外有不少人在偷偷看我們。

「妳！」秦雪薇這回是真的氣瘋了，平時伶牙俐齒，隨隨便便幾句話就能轟得我滿地找牙的她，現在只顧著發抖，說不出話來。她乾脆一揚手，巴掌眼看就要落下來。

「妳確定要動手？」我一笑，「妳的好朋友恢復得怎麼樣了，臉能看了嗎？」

她的動作停下來，用吃人般的眼神看我，「紀然，我會讓妳生不如死。」

「我知道妳要是想毀掉我是輕而易舉，但是妳不要忘了，我手裡也有妳的把柄，雖然不算多新鮮，但只要消息前面加上個『某某高官』之女，那也許會成為全國人民喜聞樂見的八卦。」輿論是個很神奇的東西，到時候有哪些人會中槍，誰都說不準，但凡和這件事有牽扯的，肯定都不會希望它發生。

她神色有些猶豫，但臉上還要強撐著，那滋味應該不是很好受。

我又添了把火，「而且，我話先說在前頭，只要妳敢做絕，我就敢同歸於盡。」

她張了張嘴，卻一個字也說不出來。我沒再說話，邁步離開，餘光瞟到宋若谷後，我腳步一轉，走到他身邊，我看向秦雪薇，「喔，對了，其實影片那件事本來就是個玩笑，裡面什麼都沒有，我和宋若谷也確實什麼都沒有。這是我最後一次解釋這件事，如果妳再因為這件事來找碴——」我心下一橫，決定下副狠藥，於是突然一抓宋若谷的衣領，用力向下拉，他被我拉得微彎下腰，靜靜地看著我，目光中含著溫暖的笑意。

我挑眉，飛快地親了一下他的嘴角，然後看向秦雪薇，「我不介意真的和他來點什麼，好不讓妳失望。」

說完這些，我不再看秦雪薇吃錯藥般蒼白的臉色，以及宋若谷那似乎被雷劈傻了的表情，轉身大步走開。

氣場這個東西真是太耗費精力了，我剛才裝得有模有樣，現在其實是心力交瘁啊，小腿都在發抖。

不過目前來看，基本上排除秦雪薇這顆地雷了，這個結果讓我很滿意。畢竟三天兩頭地被人找麻煩，連齊天大聖都受不了。

但是……我大庭廣眾之下這樣利用宋若谷，他……不會生氣吧？而且，我昨天對他做了那樣的事情，他也許已經生氣了……

我不自覺地摸了摸嘴唇，心裡惆悵又彆扭。

第十四章

新學期的課程有點繁忙，我還拿了個二等獎學金，這刺激了我要好好念書，每天不蹺課、不抄作業，上課坐前排，下課去圖書館自習，整個人煥然一新，簡直可以做成標本展覽了。

除了念書，還有一件事情比較占時間。還記得史路曾經拉著我參加了一個什麼創業大賽嗎？對，就是那個「軲轆娃」。我們的「軲轆娃」項目通過初選，也就是有獲得名次的機會。答辯要分三次，第一次和第二次我們都勉勉強強過了，第三次是決定最終名次的一場，而且邀請了不少名人參與，評委會在答辯之前找來所有參賽選手開會，點名批評了我們做的ＰＰＴ，說是太簡單、看不到靈魂，要求我們重新做一個，務必要內容詳實，外觀精美。

此時離最終答辯只剩兩天了，我和史路都束手無策，無奈之下只好又找來宋若谷。之前的兩次答辯，史路以「助理不需要參與答辯」為由，讓宋若谷坐了冷板凳，我因為一看到宋若谷就各種彆扭，所以也很不厚道地默認了這個決定。

現在，宋若谷冷笑著看著我們的ＰＰＴ，像是在看一塊發臭的抹布。

我摸了摸鼻子，「有那麼差勁嗎？」

「還可以，至少沒錯字。」宋若谷搜腸刮肚地擠出話來安慰我。他又看向史路，毫不客氣地指出，「你的表達能力有問題。」

「我？表達能力？」史路指著自己的鼻子，一臉不服氣，「我是校隊辯手，老子是靠嘴吃飯的！」

「我們都靠嘴吃飯，有誰是用鼻孔吃的？」宋若谷不屑，他握著滑鼠，示意我們看電腦螢幕，「你的口才不錯，邏輯思維也還行，但是無法把自己的想法有效地訴諸於文字，這和嘴的關係不大。所以這個ＰＰＴ看起來空洞而刻板，沒有把整份企畫的亮點展示出來；還有……」他找出另一份報告，那是史路撰寫的「軲轆娃」創業專案的文字說明，「你在編寫文字時太隨心所欲，想到哪裡寫哪裡，想寫什麼寫什麼，評委會那幫老頭子從這份報告中只能看到點，而看不到線，更看不到面。事實上我個人認為，除了你爸，恐怕沒人能完整理解你的真實想法。」

史路被他說得臉都綠了，忍了忍，問道，「你怎麼就確定這是我寫的？」

宋若谷掃了我一眼，「有你在，紀然會做事？」

「……」其實我一直負責播放ＰＰＴ，這也是很重要的……

「綜上，」宋若谷總結道，「能憑藉這兩份東西挺進決賽，你們兩個的長相功不可沒。」

「……」

「……」

我能說謝謝嗎？至少我的外表被肯定了。

宋若谷最終做了一個殘忍的決定：報告和PPT都要重寫！

他低頭看著腕上的錶，「答辯在後天下午兩點鐘，離現在還有四十四小時零四十四分鐘。我們今天晚上把東西趕出來，明天睡個好覺，後天上午確定終稿並列印裝訂，順便準備一些產品，現場隨著專案報告一起分發給每位評委。」

史路悄悄湊到我耳邊，神祕兮兮地說，「他手上那支江詩丹頓錶一定是假的。」

我恍然大悟地看了他一眼，偷偷問：「江詩丹頓是什麼？」

史路不理我了。

「對了，你們沒和他們透露我們已經成立公司，而且有營業收入吧？」宋若谷問道。

史路答道，「沒有，這是留到最後的驚喜。」

宋若谷點點頭，「以上，還有意見嗎？」

「有。」我小心舉起手。

「說。」

「今天要熬夜嗎？明天不是還有一天……」

四道鄙夷加嫌棄的目光射向我，我立刻乖乖閉嘴。

因為要熬夜，所以宋若谷把我和史路帶去他家。那是一個距學校不太遠的別墅區，開門的是宋若谷的媽媽，她一如既往地溫柔大氣，讓人如沐春風。

吃過晚餐，開工了。

宋若谷先把專案報告的大綱詳細地列出來，每個部分的重點也都標出來，然後傳給史路，讓他照著這個大綱來寫，寫完之後再由宋若谷改。

雖然嘴上不饒人，但史路還是乖乖照做。

然後，宋若谷一邊擬定答辯中可能遇到的問題以及如何作答，一邊和我一起做ＰＰＴ。我們並肩坐在沙發上，他負責撰寫內容，我負責按照他的指示在ＰＴＴ中添加各種圖片、表格、連結以及特效。今天我才發現原來做個ＰＰＴ還要這麼講究，那些特效簡直五花八門，光看就頭暈，更別說用了。

因此有些特效我找起來都很辛苦，更別說做了。宋若谷一開始還指點我兩句，後來乾脆自己伸手過來操控滑鼠，問題是……我的手還在滑鼠上啊……

也不知道他是太過專注根本沒感覺到，還是他原本就不在乎，總之他若無其事地弄完之後，還戳了一下我的額頭，「別發呆。」

看來是我想太多了。

雖然手背上彷彿還殘留著他的體溫……

我覺得不對勁，一抬頭，發現史路正目光哀怨地看著我。

「怎麼了？」

「你們兩個靠太近，我會吃醋。」

「……」是在說什麼啊？我往旁邊挪了挪。

宋若谷卻滿不在乎地又把我拉回來，「太遠了，妳看不到螢幕。」

這倒也是，筆記型電腦的螢幕不會太大，我只好安撫地看了看史路。

宋若谷對他的態度就不那麼友好了，他淡淡地掃了一眼史路後說：「看什麼看，今晚不想睡了？」

史路悲憤地收回目光，鍵盤承載了他的怒火，被敲得劈哩啪啦響，彷彿夏天往玻璃窗上凶猛撞擊的冰雹。

在我喝完第三杯咖啡之後，PPT終於做完了，我也睏得睜不開眼睛了。不過話說回來，我分到的工作確實是最輕鬆的，史路和宋若谷還在兩眼冒光地敲著鍵盤，而且兩個人的嘴也沒閒著，一邊打字一邊交流，三句話裡有兩句是互相吐槽，剩下一句是正經事。

我不好意思打斷他們，想先自己歪在一旁小睡片刻，等一下再請宋若谷驗收成果。只是睏意太凶猛，我這眼睛一閉就不想睜開了。但因為姿勢問題，我總是睡不安穩，迷迷糊糊之間感覺有人把我抱起，然後過了一會兒，放在一個柔軟的地方，身上蓋了東西。

額頭上一片輕柔的觸感，像是被潔白的羽毛輕輕撩了一下，也不知是真是夢。

次日早上，我睜開眼睛時，發現自己在一個陌生的房間裡。床很大，很舒服，床單和被子是很淺的藍色，印染著簡單的條紋，清新乾淨，聞起來有一種令人神經放鬆的淡淡香氣。我跳下床，把床整理好之後，隨意地掃視了一下這個房間。第一個感覺是大、很大，在這種地段，這麼大的房間僅僅作為臥室，實在奢侈得讓我這種沒見過世面的人牙癢癢。這房間顯得大的另外一個原因是空，室內的陳設很簡單，一個床頭櫃、一張桌子、兩把椅子、一個電視櫃；貼牆立著一個很高的拼接型實木書架，分割成一個個正方形的小格子，書架上除了書之外，還擺放不少裝飾品，有漂亮的瓷器，也有奇形怪狀的銅雕，這些東西雜居在同一個架子上，竟然很協調好看。牆上掛著兩幅油畫，我只覺得漂亮，但也看不出什麼門道。

我的目光收回到床頭櫃上，那裡擺著個大魚缸，魚缸裡有幾條肥魚正悠閒地游著，魚缸旁邊有個電子時鐘，還有電子相框，播放著一些照片。我覺得很有趣，便把那相框拿起來仔細看。照片的主角都是宋若谷，內容是他和家人、朋友的各種生活，儘管大多數照片中他都是面無表情地對著鏡頭，但整體來說還算溫馨。

可是緊接著一個畫面跳出來，把我嚇得差點嗆到。那是我們籃球賽時，我不小心強吻宋若谷的瞬間，攝影師的角度選得非常完美。照片上，我因為頭部被襲擊而顯得目光呆滯，宋若谷則震驚地睜大眼睛，完美演繹了一個小媳婦在被大流氓調戲時是多麼驚惶失措。

這樣的宋若谷真少見，我樂不可支，按下暫停鍵欣賞了足足一分鐘，才收回目光。看來這個房間應該是宋若谷的，我怎麼睡在他房間裡，那他睡哪裡？

我推門出去，一眼就看窩在樓下客廳沙發上的那個身影。

喔，原來是我占了他的房間。

我輕輕下樓，發現宋若谷果然還在睡，他身上裹著一條厚厚的毯子，露出下巴，額頭上竟然貼了一張便條紙，蓋住他半張臉。隨著他的一呼一吸，那張便條紙有規律地上下抖動著，看起來很滑稽。

我湊近一看，便條紙上寫的是早飯還在鍋裡溫著，讓我們別忘了吃，看來是出自他媽媽的手筆。

我輕輕地撕下便條紙。宋若谷不舒服地皺了一下眉，但沒有醒，所以我就托著下巴欣賞起他的臉來。

有一種臉就是，你越看越覺得好看，因為五官協調，臉部線條完美，所以哪怕是最挑剔的藝術家，此時都會訝異於大自然的神奇，竟然能造出如此完美無缺的藝術品。這種臉我們稱之為，耐看。

宋若谷大概就屬於這種類型。而且，越是第一眼就令人驚豔的臉，越不太容易獲得耐看的效果，但有些人卻能把這兩者結合起來，第一眼讓人移不開眼睛，第二眼第三眼也越看越好看。

這種臉，我們稱之為妖孽。

所以我現在有點明白，我為什麼會越來越覺得宋若谷好看了。

他的眼睛微微動了一下，我的視線便被那雙睫毛吸引：根根分明，纖長濃密，微微上翹，似是破繭的蝴蝶欲舒展雙翅，以期能一親這光明世界的芳澤。

我對漂亮的睫毛沒抵抗力，所以不由自主地伸出食指去玩他的睫毛。

蝴蝶的翅膀終於緩緩展開，飛快地上下翻動。

宋若谷眨了兩下眼睛，失神的目光終於聚攏起來。他盯著我看了幾秒鐘，用一種不太確定的口吻叫我，「紀然？」

這種做壞事被當場發現的感覺不太好，我有點心虛，便向他展露了一個大大的微笑，非常親切，「宋若谷，早安！」

宋若谷呆了呆，似乎更不確定了，「紀然？」

「是我啊……」這人傻了？

「不要勾引我。」

「……」什麼啊？

他的臉色暗沉，眼下還有黑眼圈，一看就是睡眠不足的樣子，我幫他拉拉毯子說：「你再睡一會兒吧。」我看剛才他是睏得神志不清了。

他搖搖頭，坐起來，「不用，睡不著了。」

「話說，你怎麼睡在這裡？」你家客房不是滿多的嗎……

宋若谷無奈地扶扶額頭，「我媽把客房鎖起來了。」

「為什麼？」

他抬眼，似笑非笑地看我，「妳真的不知道為什麼？」

……我好像有點懂了，頓時有些尷尬，可是，「你沒有和阿姨解釋嗎？」

「該說的我都說了。」

「那為什麼……」

他沒回答，突然笑起來，雙唇展開，露出一排潔白整齊的牙齒，這種燦爛的笑容在他臉上很少見，我竟然看得有點發愣。

「妳真的想知道？」他笑著問我。

「到底是怎麼回事？」

「我媽有個神棍朋友，那個神棍有一次看到妳的照片，說妳是絕世旺夫臉。」

「……」雷神啊，您要想劈死我就麻煩給我來個痛快，這一道又一道的雷，太折磨人了。

「別嘟嘴，」宋若谷突然輕輕捏了一下我的臉頰，又很快放開，「這樣一來更旺夫了。」

「旺夫就旺夫，至少我未來的老公聽到這句話會很高興。」

「他當然高興。」宋若谷笑得意味不明。

我看到桌上有份報告，便拿起來看，正是昨天他們倆連夜寫出來的，厚厚一疊。我翻了翻，竟然有將近四十頁，而且整篇報告思路清晰，資料詳實，可以看出連語句都是認真校潤過的。我看得咂舌，「我說你有需要這麼拚嗎？」

「我這人做事情就是這樣，要嘛不做，要嘛就做到最好。」

看到他那個得意樣子，我又想刺激他了，於是笑道：「喔，對了，我剛才看到你的相框。」

「那些都是我媽弄的。」

怪不得，我就說嘛，宋若谷怎麼會自己把那麼糗的照片放上去。

「嗯，那這張照片可不可以複製給我？我要畫素高一點的。」我說完，把剛才用手機拍到的照片給他看，正是他被我壓在下面的那張。

他神情古怪，「妳為什麼想要這張？」

「我覺得你的表情很像一個被調戲的小媳婦。」

他扶額，「紀然，妳人生的字典裡是不是漏印了『害羞』這個詞？」

我笑嘻嘻地晃了晃手機，「你的肯定沒漏印。」

看著他吃癟的樣子，我的心情瞬間晴朗起來。

當天我們好好休息了一天，第二天早上，三個人的精神都不錯。宋若谷分配了一下任務，由他和史路主講，我仍然是默默播放PPT的那一個。

這兩人的外表都是極品，光往臺上一站就很養眼。加上他們的口才都很好，可想而知現場會得到怎樣的效果了。前排的評委們聽得津津有味，而後面的不少同學已經舉著手機在拍照了。

但出現了一個小插曲，因為每個團隊的展示時間是十五分鐘，而我們的PPT做得比較長，所以時間明顯不夠用。當計時員舉起超時紅牌時，宋若谷的目光在評委席緩慢地掃了一圈，笑容親切真誠，語氣從容不迫：「剛才大家已經看到，這個企畫不是紙上談兵。我們團隊從去年就著手成立公司，產品也推上市場，並且有一定的知名度，現在也持續盈利中。我們在這次創業過程中積累了不少經驗，所以很希望拿出來和大家一起分享，希望各位前輩能再給我們幾分鐘。」

一番話雖然說得客氣，卻也是理直氣壯，畢竟所有參賽項目中，只有我們這一組是真真正正把這個案子做出來了，別人都是寫份漂亮的報告就結束了。

所以毫無疑問，這個申請獲得批准，他們兩個不慌不忙地把整個PPT講完，接下來到了答辯環節。評委們對這個項目分外感興趣，捏著手裡的卡牌問了好多問題，還有一個人當場要了史路的名片——我們三個人中只有史路有名片，而且是自製的，上面有他自己畫的小星星。

那人拿著名片看了看，發現了問題，「喔，你們倆一個是副總經理，一個是總經理助理，那麼今天總經理怎麼沒來呢？」

我從播放臺後面探出腦袋，舉起手，「我在這裡……」

他頓時來了興致，「看來妳這個總經理滿低調的啊。我看剛才一直是他們兩個在講，那麼妳能不能介紹一下妳作為總經理，在這個團隊中扮演著怎樣的角色？」

我沒有急著回答，慢悠悠地看了宋若谷一眼。宋若谷低著頭，眉毛微微上挑，抿嘴輕笑。雖然他臉上並未表露，但是我知道他此刻一定非常得意。

這小子果然變態，連猜題都猜得這麼準。之前他們兩個被問到的內容，基本上都在他的準備範圍之內，現在這個問題是他專門幫我準備的。當時這小子擺出一副苦口婆心的姿態勸我，「具體的工作內容有我和史路回答，妳不用管這些。即使有人問到，妳也可以說這種問題應該由更專業的人回答，都推給我們。但是妳一直不露面，別人肯定好奇妳做了什麼，因此他們一定會問到這一點……所以，妳只需要站在一個更高的層面上，告訴他們，妳在做一個主管該做的事情。」

「『我在做一個主管該做的事情』，只需要說這一句話？」

宋若毫不掩飾對我的鄙視，他丟給我一張A4紙，「把這上面的內容記起來。」

所以現在，我擺出冷臉，複述那張紙上的內容，看著對方聽得連連點頭，就差鼓掌了，我對宋若谷的敬畏又提高到一種新的層次。

一場答辯就這樣結束了，一切都好像在宋若谷的掌握之中。走出會場後，宋若谷胸有成竹地說：「我們會拿頭等獎。」

「嗯，」我狗腿地附和，「如果我們拿不到，那一定是因為他們不識貨。」

史路拿著手機，找出一張表格，「好了，接下來我們找個地方開始分贓。」

當我看到那表格中用紅色標出來的數字時，激動得差點扔掉手機，「真的賺這麼多？」我還以為是他為了答辯效果而編出來的呢，看來是我小人之心了。

史路傲嬌地別過臉，「也不看看我是誰？這世界上就沒有我賣不出去的東西。這有一部分是我在學校裡賣的，還有一部分是在網路上賣的。其實我覺得找個公司代理應該不錯，最好能在全國範圍內銷售。」

我把手機還給他，順手捏了捏他的臉，「史路，這個公司我沒出錢沒出力，能跟著混個學分我已經很滿足了。所以你不用分我錢的。」

「紀然妳什麼意思！」史路有些不高興。

「紀然說得對，」宋若谷說道：「你們倆交情歸交情，錢歸錢，兩者最好分清楚。我也認為紀然根本沒做什麼，還是把她的股份轉給你吧。」

「我不同意！」

「但是我們兩個都同意，所以該項決議通過。」宋若谷斬釘截鐵地說。

「紀然，妳和他站在一起？」史路不滿地看著我。
我為難道：「史路，我知道你對我很好。可是你讓我平白無故拿這麼大一筆錢，我怎麼過意得去呢？如果換做是你，你肯定也不會拿，對不對？」
史路轉身就走。
「喂，你去哪裡啊？」
「數錢！」
看著他的背影，我無奈地搖頭，「喔，對了，我到底有多少股份呀？」
宋若谷伸出四個手指頭。
「百分之四？」
「四十……」
我驚訝得都不知道要說什麼好了，「我？百分之四十？你們倆呢？」
「我資金入股百分之三十，他技術入股百分之三十。」
「那我呢，我是什麼入股？」
「管理。」
「好吧，」如果擲硬幣也算管理的一種，那麼這個理由勉強說得過去，「可是為什麼有這麼多？」

「因為我們兩個都想當大股東。」

然後爭執不下？然後就讓我當了？這兩人有什麼毛病啊！

第十五章

史路生氣了。

在宋若谷的積極主持下，我和史路有模有樣地簽了股權轉讓協議，其實就整個公司的規模和年利潤來看，此舉簡直像是在扮家家酒，但是宋若谷搞得十分正式。我當時還覺得宋若谷搞笑，可是幾年以後，當軲轆娃逐漸壯大時，公司內部並沒有像許多成長期的小公司那樣，發生因初始股權結構不清所導致的內部矛盾，那時候我才發現宋若谷未雨綢繆的好處。

每個人都知道應該看得更遠，但並不是每個人都有這種能力。

彼時，宋若谷已經有了自己的事業，對於當初這個玩票性質的公司，他只管坐等收錢。而那時候，我也真正明白了宋若谷為什麼極力主張讓我脫離軲轆娃——他雖然表面上把史路當我的好姊妹，但實際上一直有些吃醋，自然也就不喜歡我和史路有過多的牽扯。

現在，史路因為我急急忙忙地要和軲轆娃撇清關係而感到受傷。他有著一顆雙魚座女生一般多愁善感的內心，我真懷疑他這麼多年來一直是女扮男裝，在逗我玩。

最後，當他在協議上簽好名字之後，他提出，協議生效是即日起，所以之前那百分之四十的利潤還算數，必須給我。

無奈之下，我只好接受了這個決定，並且宣布，我打算拿這些錢去旅遊，目的地選在X市，因為那裡正在舉辦一個國際花卉展。

史路喜歡花，各種花，我這也算是投其所好了。

因此，聽到我的話，他那難看的臉色稍微變好了一些，「妳還算有良心。」

為了讓史路玩個過癮，我終結了我的模範學生狀態，打算翹幾天課。宋若谷表示妳這樣不行，被抽查到之後有可能被取消期末成績，妳得像我一樣，請病假。

我被嚇到了，「你也要去？」

「你們公費旅遊不帶我一起去，妳好意思？」

史路不滿，「這是紀然的錢。」

「所以紀然有權力決定該怎麼花，」宋若谷說著，轉向我，「妳願意帶我一起去嗎？」

「……好吧。」

宋若谷滿意地點點頭，「很好，我們什麼時候去，去幾天？我去填假單。」

史路不信，「你們家填假單像買白菜一樣嗎？想填就填？」

宋若谷笑容可掬：「當然不一樣。我們家買白菜得去超市，但填假單只要一通電話。」他時時刻刻不放過氣史路的機會，這才是真愛啊。

由於宋若谷出奇地高效率，我們三個當天晚上就登上飛機，穿越將近兩千公里，從春天走進夏天。

凡事一旦冠上「國際」這個形容詞，規模一般都不小，這次花展也不例外。來自十幾個國家的花卉廠商、專門來看花的群眾，以及各種膚色的採購商，把展覽現場擠出廟會的效果。史路一進會場就像隻瘋狂的小蜜蜂，這裡停一會兒、那裡看一會兒，我簡直就是被他拖著走的。而且我來到這裡才發現，我以前對花的認識太無知、太淺薄。這裡有許多花我連名字都叫不出來，更別說欣賞了，虧我還是念生物系的。宋若谷對這些倒是不怎麼感興趣，悠哉地閒逛著，偶爾漫不經心地看一眼，彷彿看它完全是給它面子。

好吧，其實他自己也可以當展品展覽的，因為這一路上有許多人在偷偷看他……

我腦子裡突然冒出「人比花嬌」四個大字，不禁搖搖頭。

史路圍著一堆花瓶大呼小叫，摸摸這個看看那個，看到一個喜歡一個。我打量著他的口味，挑了個比較貴的買給他，他開心得差一點抱著我痛哭流涕。其實這傢伙很好哄的。

我捏著他的後衣領把他拉開，阻止他進一步的動作，「好了好了，公共場合你能不能有點節操？」

史路抱著花瓶，眼睛一轉，「光有花瓶不行，妳還得送我束花。」

「好啊，你想要什麼花？」我來這裡就是想要把錢花光，反正羊毛出在羊身上，所以此時顯得格外大方。

史路四下看看，突然一指，「那個，我要那個，梔子花。」

我就像是許願神燈一樣，很快把梔子花插進史路的花瓶中。這種花我也是第一次見，層層的花瓣潔白無瑕，像玉石一般，靠近一點就能聞到一股馥鬱的香氣。史路捧著花瓶，花朵映著他的臉龐，此時我才發現，用「人比花嬌」來形容此情此景竟然一點都不奇怪。我默默地為史路捏了一把冷汗……

宋若谷突然湊過來，「妳打算送我什麼花？」

「啊？」我一時沒明白過來。

「妳送他了，所以也應該送我。」宋若谷表現得像個被老師無視的學齡前兒童。

對於他這種間歇性發神經我也算是習以為常、應對自如了，因此也不在意，「喔，那我也買一束給你。」

「我不要這個。」他攔住我付錢的手。

「那你要什麼？」我有點不耐煩。

他想了一下，「我不知道，妳想送我什麼？」

「其實我最想送你的是狗尾巴花！」

他愣了愣，不像是生氣的樣子，「真的？這裡有嗎？」

這時，史路插嘴道：「笨蛋紀然，狗尾巴花不能隨便送的。」

「我知道，會被暴打嘛。」

「不是，」史路恨鐵不成鋼地看了我一眼，「狗尾巴花的花語是『暗戀』。」

「……」我還以為狗尾巴花是鄙視人的呢，沒想到有個如此浪漫的花語。

宋若谷笑得促狹，「紀然，我等著妳的狗尾巴花。」

史路不屑道，「紀然才不會喜歡你。」

「對喔，我才不會喜歡你。」我不自在地附和。

三個人又逛了一會兒，我有點累，史路卻依然興奮。我打了個大大的呵欠，睜開眼睛時，面前多了一束花。細長的莖上掛著一朵朵淡黃色的小花，花瓣像是小孩子鼓起的嘴唇，看起來很可愛。

「送給妳。」宋若谷說道。

我接過來聞了聞，「謝謝……這是什麼花？」

他搖了搖頭，「不知道。」

……原來是順手拿的啊。

「這是姬金魚草。」花卉小百科史路插嘴道。

「喔，名字真奇怪，」我點點頭，又問他，「那這個的花語是什麼？」

「這個花的花語是……」他突然看了一眼宋若谷，「這個花語是『請你離我遠一點』。」

我一抖，「這花語很有殺氣。」

「不是。」宋若谷突然說。

「不是什麼？」

他垂下眼睛，神情頗不自在，「我的意思是……我不知道它是這個意思。」

我一樂，擺手道，「沒關係沒關係，這個其實……滿霸氣的，我喜歡！」

除了逛花展，X市好玩的地方還有很多，當然，好吃的更多。所以我們吃喝玩樂了好幾天，簡直樂不思蜀，唯一的遺憾是——

「原來X市沒海啊，」我看著地圖感嘆，「我泳衣都買好了。」

史路也探過頭來湊熱鬧，「沒關係，這裡有個出海口，妳可以從這裡跳海游去外島。」

「可以去Y市，」宋若谷掏出手機查看，「高鐵半個小時左右就能到，然後我們搭計程車去海邊。」

我笑嘻嘻地去攬宋若谷的肩膀，「不愧是我的好助理。」

宋若谷抿了抿嘴，也沒推開我。

◇

Y市的海邊有一大片海灘，砂質細膩，赤腳踩上去軟軟柔柔的，很好玩。因為是非假日，所以這裡的人不是很多，但我依然被搭訕了……

事情是這樣的。我們三個人正在海邊散步時，一個留著小鬍子、挺著小肚腩的大叔走過來，「美女，身材不錯！」

我掃了一眼他那一身肥肉，「我知道。」

他湊近幾分，「美女一個人？」

「……」這位大叔，你的眼睛是不是只能識別出女人啊？

宋若谷和史路都沒說話，沉默地看著他，眼神不善。

大叔摸了摸下巴，「不好意思，是我看錯了。我還以為你們兩個是一對呢……」說完不等我們反應，轉身走開。

宋若谷和史路的臉色都很難看。

「……」我聽懂他的意思，忍不住哈哈大笑。

「紀然妳是欠教訓吧！」史路說著就要撲上來搔我癢。

我衝進海裡，暢快地游起來。史路這小子，他在陸地上都跑不過我，更別說是在海裡了。

游了一會兒也就到傍晚了。我回到岸上，找了一圈沒看到史路，宋若谷一個人站在棧橋上看夕陽。

大概是環境導致的心理錯覺，我覺得南方的夕陽和北方很不同。北方的晚霞給人一種輝煌和蒼茫的盛大感，而眼前的海上夕陽，則呈現出一種紛雜的綺麗和夢幻感，彷彿才華洋溢的畫家把天空當作畫布，潑抹自己精心調製的顏色，製成變幻莫測的巨幅畫卷。

晚霞的光輝又在海面鋪上一層赤金色，隨著海水的晃動而不斷閃爍，有如宇宙間的萬千星輝。

宋若谷就站在這一片星輝前。

海風吹過，我瞇起眼睛，看著他挺拔而孤獨的背影。他背著手，衣服被風吹得輕輕鼓動，在詭譎變幻的霞光之下，他卻一動不動，彷彿在那裡已站了千年萬年，看盡這世間的時光百態。

我動動嘴，想叫他，卻發不出聲音。

彷彿心有靈犀一般，他轉過身來。赤紅的夕陽在他身體上描出影子，使他彷彿站在一片光暈之中，恍若神之子。在漫天的豔麗霞光下，俊美的臉龐牽起嘴角微微一笑，他輕聲叫我，「紀然。」

我說不出話來。因為我感覺到心臟彷彿被什麼東西重重擊打了一下，猛烈地跳動，似乎要掙脫這具身軀的束縛，飛奔出來，撲向眼前的人。我的身體也不安分，想要脫離理智的控制，走過去緊緊抱住這個人，向他訴說我心中突然湧起的、不可捉摸的渴望。

這種陌生的感覺讓我很害怕，我猶豫地後退了一步。

「紀然？」他向我走來。

我轉身飛奔，想要逃離這個讓我無法理智思考的地方。

宋若谷沒料到我會突然跑走，他不明所以，便也拔足追了上來。我乾脆直接跑進海裡，遠遠地游開。

清涼的海水讓我稍微冷靜了一點，我越游越遠，漸漸進入深水區。太陽沉沉地快要被海水吞沒，我想要回去，可是突然，我的小腿抽筋了。

我一邊勉強自己拉開小腿，一邊呼喊著。可是今天本來人就少，現在天也快黑了，這裡又是深水區，根本沒人來。

一種前所未有的恐懼湧上心頭，如果我不能自己恢復，恐怕今天就要死在這裡了。

遠處突然出現一個人，我一下子看到希望，急切地一遍遍喊「救命」。

他果然游了過來，雙手在海水中迅速翻動，激起細小的浪花，雙腿在身後有力擺動，留下一道長長的波痕。他就像一條矯健的美人魚，背上馱著希望，向我一點點靠近。

等他游近一些，我才看清他的面容，是宋若谷！

「紀然，別怕。」宋若谷扶著我，手指安撫性地摩娑了一下我的臉。

我放下心來，任他架著我往岸邊遊去。

終於安全回到岸上，我坐在沙灘上，長長呼出一口氣，感嘆陸地的美好。

宋若谷彎下腰，把我抱了起來。

突然離開地面讓我感到驚慌，更何況是宋若谷……我的心又開始怦通怦通亂跳，「你你你你……」

他笑得溫和，「走吧，先找個地方休息一下。」

宋若谷把我抱進一家飯店，在櫃檯小姐飽含深意的目光中開了個房間，臉色平靜地抱著我上樓。我雖然臉皮厚，此時也害羞得很，把臉埋到他頸旁。

宋若谷拿了乾毛巾讓我自己擦乾身體，又丟給我一件睡衣讓我先穿上。做完這些，他便拉直我抽筋的腿，然後一手按著我的膝蓋向下壓，一手握著我的腳掌，往我身體的方向輕輕壓，一邊嚴肅地說，「以後別去人少的地方，更別去深水區。這次有我，下次呢？別以為妳會划兩下水就了不起，淹死的都是會游泳的！」

「喔。」我無精打采地應了一聲。

他語氣緩和下來，問道：「剛才是怎麼回事？」

我裝傻，「啊？」

「看到我就跑是怎麼回事？我會吃了妳？」

「……」這種事情根本無法解釋，我乾脆閉嘴不說話了。

見我無精打采的，他大概以為我被嚇到了，想逗我開心，所以說道：「如果是在古代，我碰了妳這裡，妳就得嫁給我了。」他指的是我的腳。

我頓時感到他的掌心一片火熱，像是被燙傷似的抽回腳，「我沒事了，謝謝你。」

「客氣什麼，妳先休息吧，晚餐我讓飯店人員送到妳房間。」他站起身，想要拍拍我的頭，發現我的拒絕，又收回手，表情自然得很。

等他走後，我抱著腿，失落地自言自語，「宋若谷，我好像有點喜歡你。」

是怎麼開始的呢？我有些茫然。這是一種說不清道不明的感覺，也不知是從何時起，目光會被他吸引，心情會被他左右，在看不到他的地方還會不自覺想起他，思念他。因為牽腸掛肚而彆彆扭扭，我一直不明白這種彆扭是怎麼回事，現在看來，這明明就是喜歡啊。

原來，我喜歡他啊。

可是，我怎麼就喜歡他了呢？

我有些甜蜜，又有些鬱悶，又感到一點失落，心情無比複雜。

他是我長這麼大後喜歡過的第二個人。第一個是我的物理老師，但那只是一場遙不可及的暗戀，我根本不敢告訴他我喜歡過他。可是現在這個呢？這個難道就可及了？

很顯然不是啊……

其實在我的意識裡，我從來不認為我和宋若谷是同一個世界的人。雖然我有時候會嘲笑他，鄙視他，說他是神經病外星人，但事實上是，大多數像我這樣的人，在面對他時都會感到自卑。他有好的外表、好的頭腦、好的家世，他即便是個變態，那也是站在金字塔頂層的變態。

而我呢？喜歡她的女生那麼多，我在其中是屬於哪一個層次呢？先不說別人，單是秦雪薇，我就連邊都沾不上了。

因此，我憑什麼肖想他呢？

我突然想起去年他在學院辦公室外對秦雪薇說過的話，——「我確實不喜歡她。」

是啊，他確實不喜歡我嘛。

我有些惆悵，卻也沒有很消沉。就好像買了樂透之後發現沒中獎的那種心情，雖然希望中大獎，但自己也知道不中獎才是正常的。

想通之後，我也就看開了，心情明朗了一些。不就是喜歡嘛，有喜歡就有不喜歡，等新鮮感過去，我一定能忘掉他。我當初那麼喜歡物理老師，後來不也把他忘得一乾二淨了嗎？現在逢年過節才打電話問候一下，疏遠客套得很。

吃過晚餐，我換了套衣服，自己去海灘散步。

海灘上有人正在舉辦派對，烤肉的香氣伴著歡聲笑語撲面而來。史路又出現了，正跟著那幫人混吃混喝。他看到我，招手叫我過去。

我一走近他，就聞到一股濃重的酒氣，也不知道他喝了多少，反正眼神已經不對勁了。他舉著一串肉遞給我，「紀然，吃。」

我剛吃過飯，沒什麼食欲，因此沒有接下來，只笑道，「你還認識我啊？」

他傻笑，「當然認識妳，妳是紀然。我忘記誰也不會忘記妳。」

我捏捏他的臉，「喝醉了還這麼會說話。」

這時，一個化著濃妝，穿著暴露的女人走過來，熟稔地攬著史路的肩膀，「史弟弟，這是誰啊，介紹一下啊？」

「這是紀然。」

那女人側過臉，嘴唇幾乎碰到史路的臉，她的手向下滑，停在史路胸前，緩慢地揉著，史路被她揉得呵呵直笑，「癢。」

我滿頭黑線地把史路拉起來，「不好意思，我要送他回去。」

她不服氣，「妳是他什麼人？」

「我是他媽。」

「……」

我把史路帶回我住的那個飯店，又幫他開了個房間。櫃檯小姐顯然還記得我，見我沒過多久又帶回一個帥哥來，眼神瞬間就崇拜了起來。

我把史路放在床上，轉身想走，他卻拉住我的手，「紀然。」

我轉身拍拍他的臉，「怎麼了，很難過啊？」

「嗯。」

「誰叫你喝那麼多。」

「不是，是這裡難過。」他握著我的手，放在他心口的位置。

「……」這人發酒瘋都這麼文藝，我實在不知道說什麼好了。

「紀然，我喜歡妳。」

「乖，我也喜歡你。」

他突然把我向下一拉，我冷不防摔在他身上，然後他迅速翻身把我壓在身下。

我……現在是什麼情況？

不等我做出反應，史路便突然堵住我的嘴。他親吻著我，一遍遍地呢喃著：「紀然，我喜歡妳。」

我終於明白他所謂的喜歡是什麼意思了。

可是這事情發展得太跳躍了，我用力推開他，「史路，你清醒一下。」

他愣住了，嘴裡來來去去都是那句話，被我推開之後，又不顧一切地想要纏過來。

我哪會讓他再有機會得逞，一溜煙地爬下床，轉身就跑。

第十六章

我必須承認，我這人大多數時候都在看走眼。

比如，有些男生看起來直得不能再直了，可實際上他可能是個彎的；而有些男生看起來彎得不能再彎了，可實際上人家根本就是個直的。

所以這個世界處處充滿驚喜。

史路他怎麼就喜歡女人了呢……

我站在飯店的走廊上，默默地感嘆。那麼宋若谷呢？他是直是彎？他看起來是直得不能再直了……

停！不能再想下去了！

這時，宋若谷突然出現在樓梯口，他看到我，「紀然，怎麼在這裡？在想什麼？」

「在想你是直的還是彎的。」我心不在焉地回答。

「……」

良久沒聽到他說話，我以為他回房間了，可是一抬頭，卻發現他已經站在我面前，正低頭看著我，眼神危險。

我才意識到自己剛才的話有點問題，「那個，我……我不是……」

「紀然，」他打斷我，一手撐著牆壁，身體以一種侵略的姿態微微前傾。他另一手捧著我的臉，拇指在我的臉頰上輕輕摩挲了一下，然後手向下滑，停留在我頷下，微微抬起我的下巴，逼我和他對視。他湊近幾分，鼻尖幾乎觸碰到我的鼻尖，「如果再讓我聽到這樣的話，我不介意讓妳親身感受一下我到底有、多、直。」咬牙切齒的語氣。

我緊張得說不出話來，鼻端纏繞著他的呼吸，那氣息中一定含有讓人產生幻覺的分子，導致我整個人的魂魄都有些蕩漾，彷彿飄飄然地坐在雲端。

「懂了？」

我猛點頭。

宋若谷的神色稍微好了些，他揉揉我的頭，轉身離開。

我拍著胸口喘氣，心想這真是太可怕，剛才差一點就把持不住撲上去了。這傢伙的臉絕對是人間第一凶器，我抵擋不住也是可以理解的，只怕這世界上也沒幾個女人，喔不，也沒幾個性取向為男的人能抵擋。

雖然今天發生了各種狗血事件，但是我晚上睡得還算香甜，第二天起來精神抖擻。因為我和史路各自有心事，也沒了玩下去的心思，大家便打算打道回府。

史路還想跟我裝蒜，在計程車上跟沒事的人一樣，拉著我的手說笑。

我揪著他的後衣領把他拎開，「別裝了。」

史路瞬間無言，心虛地低下頭，乖乖地坐在角落，身體幾乎貼到車門上。

宋若谷從後視鏡中看到我們的舉動，驚訝無比。

我非常想和史路認真談談這個問題，所以一路以最快的速度回到學校，然後兩人甩開宋若谷，鑽進史路的小公寓裡。

「說吧，到底怎麼回事？」

史路無精打采的，「還能是怎麼回事，妳不都知道了？」

「可是……我無法想像，你怎麼會喜歡我？」

「妳不用想像，妳已經看到了啊，喜歡就是喜歡。」

「但是史路，你確定你所謂的喜歡是那種喜歡，而不是那種喜歡？」我有點語無倫次。

史路抬頭，認真地看著我，「紀然，妳應該也知道。我從很小的時候，就沒有男生願意和我玩，我只能混在女生堆裡。但是女生裡真正一心一意地對我好、把我當朋友的，就只有妳了。我雖然表面上性格很隨意，但骨子裡是個很敏感的人，誰對我好，我只想加倍對他好。妳是我這輩子最好的朋友，也是我唯一交心的朋友。」

我被感動了，「史路，你也是我最好的朋友。所以我們一直做好朋友，這樣不是很好嗎？」

「不一樣，」他搖搖頭，「紀然，後來我發現我對妳有一種異於朋友的那種依戀。一想到我們以後有可能分開，有可能各自有自己的生活，我就覺得很難過，難過得要死。我不想看到任何男生走近妳，我希望妳只是我一個人的，妳明白嗎？」

「史路……」

「紀然，還記得妳送我的梔子花嗎？妳知道梔子花的花語是什麼嗎？『一生在一起』。」他淡淡地笑，目光卻悲傷，「我真的希望我們能一生在一起。」

「可我還是覺得，你是不是把友情和愛情搞混了？」

「友情和愛情本來就沒有明確的界限，確切來說，人類所有感情的分類都是模糊的，各種感情之間可以相互包容和轉化。妳怎麼就知道我們不能從朋友轉化成男女朋友呢？」

「但我確實真的不……」

「我知道妳不喜歡我，」他打斷我，眼神受傷，「妳喜歡的是宋若谷。」

「……」連他都看得出來？

「但是宋若谷未必喜歡妳。」

「……」真相總是那麼殘忍。

「而且，」他看著我，「就算妳追得到宋若谷，也未必守得住。」

「……」這才是最要命的啊。

「所以紀然，妳願意和我試試看嗎？」他滿眼期待地問。

「可是史路，我還是沒有……」

「還是對我沒感覺，」史路把話接下去，「沒關係，紀然，其實妳一直沒搞清楚一個問題。愛情是一種複雜的情感，它的浪漫之處不在於相戀，而在於相守。如果妳和宋若谷不能一直走下去，他帶給妳的傷害會遠大於甜蜜，從這個角度上來說，跟他談戀愛是不明智的。相反的，妳和我談戀愛就不會有這層顧慮。我們互相了解，互相信任，我們會一直互相陪伴。當然，如果妳實在想不通，到最後也找不到和我做戀人的感覺，我們也可以再做回朋友。」

我被他這一通歪理邪說嚇到了，因為我竟然覺得他的話也有幾分道理。

「好了，史路，你別說了，給我一點時間，我現在腦子很亂。」我真怕他再說下去我就答應了。

「好，紀然。我會等待妳的答案，無論妳的答案是什麼。」

我就像夢遊一樣走出史路的公寓，一路上腦子裡回想的都是他的話，雖然他的理由無懈可擊，但我總還是覺得有哪裡不對勁……是哪裡呢？

相戀與相守，情侶與伴侶，再深入地想下去，這就又涉及到婚姻與愛情這個永恆的話題。我總覺得婚姻離我很遙遠，可是現在想想，不管多遙遠，我也是要結婚的啊。結了婚以後就要生小孩，然後照顧老公孩子，每天洗衣、做飯、做家務、帶小孩去補習班、偶爾回家看看父母……這一輩子也就這麼過去了……

停！不要再想了！

我抱著頭，試圖驅逐腦子裡那團亂糟糟的東西。

正糾結著，一通電話把我從走火入魔的邊緣解救出來，以至於我看到來電顯示上的名字時，甚至覺得「老六」這兩個字也滿可愛的。

『喂，紀然，唱歌來不來？』

「好啊。」

反正我也沒事，正好可以放鬆一下。

不過我來到包廂時，發現只有老六一人在那裡舉著麥克風嚎叫，身體像觸電般不停抖動，那場面甚是駭人。

他看到我來了，指了指沙發，「紀然，坐，想喝什麼自己點。」

我坐下之後，說道：「怎麼只有你一個人？」

「他們都還沒到呢，谷子一會兒也過來。」

「喔。」一提到宋若谷，我又沒了精神。

「紀然，我唱首歌獻給妳，」老六笑道，他走到點歌台點了首歌，「這首是專門唱給妳聽的。」

我做好耳朵被荼毒的準備，然而令我意外的是，這次還行，和剛才的鬼哭狼嚎判若兩人。他唱的是首我叫不出名字的情歌，歌詞的內容愛意纏綿，配上他刻意壓低的聲音，像是細細低訴的寂寞泉水。

而且，他不看歌詞，只盯著我，目光中飽含深情。

又來！

我摸摸額頭，無語。

他一曲唱完，坐在我身邊，「紀然，怎麼樣？」

「不錯。」

「只是不錯嗎？我練了很久。」

「老六，你到底想說什麼？」

「我愛妳。」

「……」我真的很想什麼都不管，直接一拳揮上去，這人沒完沒了啊，「老六，我今天心裡很亂，你就別再找麻煩了，拜託。」

他眼神落寞，「紀然，妳還是不信？」

作為一個資深渣男，你讓我怎麼相信你！

「紀然，我真的很喜歡妳。我承認我一開始對妳的企圖不單純，我一開始確實是被妳的外表吸引。但後來，嗯，後來，我是真的漸漸喜歡上妳這個人……」

「你等等，等等，」我打斷他，「我們一共才見過幾次面？」

「妳不能拿這個來衡量我對妳的感情。有些人天天見面，也不一定感情就有多好。」

「好吧，就算你說的是事實。那麼我現在，嚴肅地、正式地，拒絕你。」

他苦笑，低下頭，「我知道妳不喜歡我，妳喜歡的是谷子。」

「……」難道全世界都知道了嗎！

「要我放手也可以，只是……妳能不能親我一下？」

我想了想，親一下換來他的不再糾纏，也滿划算的，因此點了點頭。

「那能不能接吻？」

「不能。」

於是他閉上眼睛，把臉湊過來，臉上帶著幸福的笑意，我突然就有一種同是天涯淪落人的心酸。我湊過去，嘴唇就要碰到他的臉時，包廂的門突然打開了。

宋若谷站在門外，神色平靜地看著我們，他的身後跟著秦雪薇。

我趕忙坐回去，手都不知道要怎麼放了，宋若谷剛才一定誤會了。「咳咳咳，那個……」

「谷子，你們來了，正好，我有事情要宣布，我和紀然——」

「你們的事情我一點也不關心，所以不用跟我說。你們好好玩，我們就不打擾了。」他說著，主動拉起秦雪薇的手轉身離開。

秦雪薇一手被他拉著，一手抬起來朝我們揮了揮，笑容親切迷人。

「喂，我還沒說呢！」老六對門口大喊，然而沒人理他，他轉過頭對我說：「妳要不要跟他解釋？」

我搖搖頭，「沒必要。」

確實沒必要，我又不是他的什麼人……

◇

從X市回來之後，我已經有半個多月沒有和宋若谷聯繫了，他也沒有主動聯繫我。回想起最後一次見他時，他主動握住秦雪薇的手，我想他們大概已經破鏡重圓了吧。

說不難過是假的。

但是日子還得照過。另外，我和史路的關係也進入一個尷尬的時期。在得知他對我有那種想法之後，我再也不捏他的臉、拉他的手了。每當我躲開史路伸過來的手時，他都會用一種很受傷的眼神默默地看著我，偶爾我會心軟，也就馬馬虎虎隨他去了，反正我們當密友時也是這樣過來的，說不定他什麼時候就轉過彎來了。

至於他提議的試一試，我堅決反對。雖然我無法反駁他的各種歪理，但我有我自己的原則，任何理由一旦超越底線，都是沒有說服力的藉口。

史路也沒逼我，我們倆似乎又回到從前的狀態。當然，心態總歸是不太一樣了。

可我不願意多想，想多了就頭痛。

再次見到宋若谷時，是他要整理暑期實習的報告，跟我要一些資料。之前他組了個去Z市考察某房地產項目的實習團隊，我和史路懶得找別人，也就順便報了名。後來發生了一些事，我又發現自己對他有著遙不可及的非分之想，所以就把這件事忘了。現在……

「我不想去了。」

「那妳想去哪裡？」

「……A市。」我隨口說了個地方。

「好，那我們改去A市，」宋若谷抱著一個資料夾，毫不猶豫地說道，想了想他又補充：「那邊不太安全，我們可以雇幾個保鏢一路跟著。」

我無奈，「宋若谷。」

「嗯？」他抬起頭，用詢問的目光看向我。
「我……想換個團隊。」我只好實話實說。
「晚了，我名字都報上去了。」他平靜地闔上資料夾，「到底是Z市還是A市？」
「……Z市吧。」
他點點頭，抬手想要摸摸我的頭，但是突然想到什麼似的，一猶豫，手又收了回去，「明天有頒獎，別忘了。」
「嗯。」

◇

宋若谷所說的頒獎是指這次創業大賽的總結報告會，期間有頒獎典禮，獲得首獎者要上臺報告。
喔對了，首獎就是我們軲轆娃。
這次的報告比較正式，也不需要回答問題，所以就由我這個名義上的總經理出馬了。整個總結報告會很枯燥，頒獎時我們三人並肩站在一起，都不太笑得出來，攝影師一按快門，留下三人唯一一張合照。

報告會結束時，秦雪薇和老六他們來了。老六比我們這些得獎的還興奮，嚷嚷著說是來幫我們辦慶功宴的，秦雪薇則更熱情——她跳起來親了宋若谷一下。

宋若谷當場愣住，我實在看不下去了，轉開臉。

史路正掰著指頭認真地數數，口中念念有詞。

「你在數什麼？」老六問道。

「數在場有多少我討厭的人，」史路直言不諱，接著握拳收回手，「我不去了，你們去吧。紀然，注意安全，不許喝酒，早點回宿舍。」

我答應了，望著史路離開的背影。

老六碰碰我的肩膀，「我說，妳不會也喜歡他吧？要不然妳連我也……」

「胡說八道什麼？」我打斷他，「走吧，我們去哪裡？」我說著，一抬頭發現宋若谷正往我們的方向看，目光幽深。

我有點不自在，轉身推著老六，「快走，餓死了！」

幾個人便說說笑笑地離開，宋若谷一直走在我身後，一路沉默。

這次一起聚餐的除了秦雪薇和老六，還來了另外幾個宋若谷他們的朋友，而且他們的面孔對我來說也不陌生——我曾以宋若谷新女友的名義出席老六的生日聚會，在場的也差不多是那幾個人。現在我和宋若谷形同陌路，秦雪薇又笑靨如花地坐在他身邊，大家大概都已經腦補過一齣完整的狗血八卦言情戲，所以飯桌上的氣氛其實有點尷尬。

加上宋若谷全程臭臉，一杯杯地喝酒，一點也不像是剛拿了大獎，反而像個失意少年。大家不知道他到底為什麼不痛快，也就不知道該往哪個方向勸。

其實我心情也不太好，不全是因為宋若谷，還有老六。這小子都答應放手了，可是飯桌上還是若有似無地跟我搞曖昧，我不傻，也不想裝傻。問題是他也沒挑明什麼，我如果大剌剌地說出什麼話來，倒顯得我做作了，所以我很惆悵。

「老六，別玩了，我脾氣不好，你知道的。」咬著牙，我終於說道。

「紀然，我這次不是為了我自己，我是為了妳，」他垂著眼睛說道，「不管妳信不信，我是真的心疼妳，我想幫妳找回點面子。」

「謝謝你的好意，不過真的不用，我臉皮厚著呢。」

雖然我這樣說，但老六根本沒聽進去，依然故我。我也不好意思再說什麼，畢竟他是為了我好。

算了，隨他去吧，誰會在乎我們怎樣呢。

過了一會兒，我去了趟洗手間，回來時看到宋若谷。他正站在包廂門口，背靠著牆，嘴裡叼著根香菸。菸頭一明一暗，青煙如絲，他的面孔在這煙霧繚繞中顯得模糊不清。

我從來沒見過宋若谷抽菸，而且我本人很不喜歡菸味。此時我也不知道哪來的一把火，腦子一片空白，抽出他嘴中的菸用力扔在地上，使勁踩了幾腳。

「妳是我什麼人，憑什麼管我？」宋若谷突然說道。

「……」我張了張嘴，說不出話來，因為我發現，我確實沒這個資格。

他靜靜地看著我，眼眸中平淡無波，「只有我女朋友才可以管我。」

「你媽也可以管你。」

「那麼妳是我女朋友還是我媽？」

我深吸一口氣，低頭，「對不起。」

他良久沒有說話。我納悶，抬頭看他，卻發現他的眼神複雜，憤怒中帶著那麼一點點……受傷？

我越來越看不懂他了。

「紀然。」他突然開口。

「嗯？」

「為什麼躲著我？」

因為我喜歡你。這話我差一點脫口而出，終於在話跑到嘴邊時被我咽了回去。我正不知道說什麼好，卻看到老六拉開門走出來，見到我，笑道：「等妳半天不回來，原來在這裡啊！」

我沒再理宋若谷，回到包廂。

◇

自那之後我就一直沒見到宋若谷，直到暑假。

我們的暑期實習要開始了，這也就意味著我要和宋若谷朝夕相處至少半個月，這讓我緊張又抗拒的同時，又隱隱有種我自己都不得不承認的期待。

儘管我一直透過瘋狂念書來迴避某些問題，但某個名字一旦擺在我眼前，一切都會被打回原形。

我很無奈。

整個實習小組一共十二個人，宋若谷帶隊，經過內部投票，我們決定搭高鐵。

宋若谷和秦雪薇已經離校，所以他們在火車站等我們。當我在閘門口一眼看到那對穿著情侶裝的俊男美女時，只覺得非常刺眼。

秦雪薇興致高昂，一向冷淡的她此時和大家有說有笑，小組成員自然很給面子，大家相談甚歡。

但宋若谷的神色一直是淡淡的，他又變回過去那個面無表情的人。

我忍了忍，還是問了宋若谷，「秦雪薇怎麼也在？」

「她想來。」

這理由倒是簡單又直接，我又說道，「你也沒說。」

他直視我的眼睛，「妳很在乎？」

「一般吧，只要她別招惹我。」其實我看她相當不順眼……

「紀然，妳不好奇我和她今天為什麼穿得……很像嗎？」

我撇過臉，「這跟我有什麼關係？」

史路走過來，拉了拉我的手，我沒躲。

等了一會兒，大家陸續進站。我把行李放好後，拿著我和史路的杯子去倒水喝，剛倒好卻在走道上被宋若谷堵住。

「借過。」我有點不高興。現在是什麼意思？

「先和一個男生卿卿我我，現在又和另一個男生拉拉扯扯。紀然，妳這樣的女生很讓人看不起。」

「……」我忍啊忍，終於把心頭的那股火壓了下去，「宋若谷，你知不知道，我有多不想見到你。」

「那妳為什麼還來？」

我心頭除了憤怒，還有一股濃濃的悲哀，原來我是自己跑到人家面前自取其辱呢。我咬牙，實在不知道這個時候應該說點什麼，我真怕我一開口，眼淚就掉下來。

因此我沒說話，沉著臉，擠開他，快步走回去，把水杯往史路那裡一推，「我出去一下。」

「去哪裡啊？」

「等一下告訴你。」

我站在車門口，趁所有人不注意，在列車即將關門時下了車。

回到月臺上時，我傳了一封簡訊給史路：我回學校了，幫我把行李托運回來吧，謝謝。

簡訊送出後，火車也開了。宋若谷隔著車窗和我對望，目光看不清楚，他的嘴動了幾下，不知道在說些什麼。

我朝他比劃了一個很不文明的手勢。

第十七章

我隻身一人回到學校時，大部分學生已經離校，偌大的校園空蕩蕩的。

我的心裡也空蕩蕩的，感覺像是有什麼重要的東西被我遺落在車站，整個人失魂落魄的。

宋若谷不停打我的電話，我心裡煩，也不想接，乾脆把手機關靜音收起來。

我站在一張地圖前，閉著眼睛在上面隨便亂比，最後手指停在一個地方，然後我緩緩睜開眼睛，看到我指尖所點的地方：雅安。

很好，這就是我暑期實習的真正去處。

這世界上有一種動物，這輩子只需要靠賣萌就能活得舒服輕鬆。

沒錯，這種動物就是大熊貓。

我在雅安大熊貓基地當起義工，之前發生過大地震，別處的基地被震壞，那裡的熊貓就轉移到這裡。臨時修改實踐方案雖然麻煩，但也不是行不通，等返校時多交幾份資料、多跑幾次學院辦公室就好了。

雖然我來的時候，心情彷彿當天傾盆而下的暴雨，然而整天面對一群毛茸茸、圓滾滾的超萌熊貓，無論怎樣，壞心情此時也都煙消雲散了。

因此，儘管義工的工作並不輕鬆，我還是做得很歡樂。

史路對我的臨陣脫逃很不滿，隔著好幾千公里，連番使用手機對我進行轟炸，但反正我天塌下來也不怕，他也沒辦法。

後來我每天傳熊貓照片給他，這招果然管用，他不罵我了，改為每天狂轟濫炸求照片，我偶爾傳自拍照給他，他還嫌棄：誰要看妳的！

史路特別喜歡基地裡一隻叫「湯圓」的熊貓。這隻熊貓本來是野生的，冬天跑到山裡一戶人家偷饅頭吃時被發現，那天正好是農曆十五，這便是牠名字的由來。當時牠受了傷，戶主連夜找了救護站的人來，後來這個小傢伙就被請回基地，和其他熊貓一起被當成祖宗供著。牠們住別墅，吹空調，二十四小時專人伺候飲食衛生等各種細節……誰說人類是地球的統治者？很明顯熊貓就是高人一等。

湯圓性格活潑好動，喜歡招貓逗狗，臉皮又厚，不管發生什麼事都能泰然自若。牠們的遊樂場裡有個溜滑梯，許多熊貓喜歡從溜滑梯上一路滑到底。湯圓也愛玩溜滑梯，但不知道是溜滑梯對牠有意見，還是牠的皮毛不夠滑順，每次牠都無法像別的同伴一樣順利地滑下，只能骨碌碌地翻滾到底，那樣子我看一次笑一次。而且即便是這樣玩牠也玩得很開心，一次次地翻滾，直到暈頭轉向，走起路來搖搖晃晃。

我把湯圓玩溜滑梯的整個過程錄下來傳給史路，史路自己笑到不行，又傳到微博上，這條微博當天的轉發量就超過四位數，第二天上了熱門微博排行榜。

所以說，在這裡當大熊貓的僕人雖然辛苦，但總體來說十分歡樂。這裡就像一個溫暖的殼，隔絕了外面世界的那些煩惱與不快。

大熊貓基地在一個峽谷景區中，我每天從市區出發，搭旅遊專車來到景區，再經由景區進入基地。景區很漂亮，奇峰秀林，幽泉飛瀑，這裡的山水不同於南邊的溫婉，有一種山中獨有的尖銳與率性。除了風景，同樣明顯透露出熊貓基地特色的還有……一路上的各種熊貓玩具。

每次看到這些玩具，我都會傲嬌地想，我可是每天都能看到真熊貓的人。

這天，我按照往常的路線上山，在經過一個玩具小店時，面前突然跳出一隻跟人一樣高的熊貓……

我嚇了一跳，差一點摔下石階，那熊貓順手扶了我一把，才避免慘劇發生。我定睛看去，眼前這熊貓實際上是一個人穿著一身熊貓服，熊貓服做得很逼真，猛然一看還讓人以為是熊貓成精了呢。

而且，這隻熊貓太過高大，看起來很有壓迫感。

「謝謝。」大概是商家又在辦活動吸引遊客，我也沒多想，就要離開。

熊貓卻拉住我，他從身後掏了掏，掏出一枝玫瑰，遞到我面前。

我沒接，不解地看著他。這人也太誇張，都變成熊貓了還不忘撩妹。

他見我不接，又背過手掏啊掏，這次掏出一條巧克力。

那包裝很奇怪，上面的文字不像英文，我更不敢接了，誰知道這裡面的東西能不能吃啊。

熊貓絲毫不因我的拒絕而尷尬，他再掏了一遍，這次擺在我面前的是一顆大珍珠……至少從表面上來看是一顆珍珠。珍珠的直徑接近兩公分，淡粉色，通體渾圓飽滿，表面泛著柔和潤澤的光，如淡淡的霞靄。

如果這顆珍珠是真的，一定值不少錢，由此推斷，這東西一定是假的——我無法想像一個在景區亂入的人扮成熊貓，身揣一顆價值不菲的大珍珠是怎樣的情形。

那隻熊貓歪著頭，似乎正在打量我。他的手執著地攤在我面前，向我兜售他的假冒劣品大珍珠。

我有點無奈。不過話說回來，這珍珠雖然是假的，看起來也真的很漂亮，所以我翻了翻錢包，「說吧，多少錢？超過二十塊錢免談。」

他保持剛才的動作動也不動。

我怒道：「二十五，不能再多了！」

他依然沒動。

我明白了，他只是負責展示的，真正的掌櫃一定是——

我轉向一旁賣玩具的攤主，「老闆，你這個假珍珠多少錢？」

老闆臭著臉，完全是用一種「同行是冤家」的目光看向那隻魁梧的熊貓，「我不認識他。」

……原來還是個無照經營的。

「你這樣不對，被抓到是要罰款的。如果你把這賣給我，」我指了指那顆珍珠，「我就不舉報你。」

他突然把那個熊貓頭摘下來，露出英俊而欠扁的臉，「笨蛋。」

我實在想不到自己會在這種地方，以這種方式遇到宋若谷，因此足足愣了好幾秒鐘才反應過來，不確定地叫了一聲，「宋若谷？」

他笑了，笑容溫暖而燦爛，「是我，紀然。」

「你怎麼會在這裡？還……」穿成這樣？「還……」無照經營？

「我來這裡玩。真巧，遇到妳。」

他這句話倒是提醒了我，我們上一次見面有多麼不愉快。於是我板起臉，「喔，再見。」說完轉身就走。

「等一下，紀然。」

「你還有什麼事？」

「這個，」他又亮出那顆珍珠，「送給妳的。」

「不用了，謝謝。」再次轉身。

「紀然，對不起。」

我只好停下腳步，看著他滿含期待的目光以及……他固執攤開的手。我走回去，拿起那顆珍珠，「你跟我說實話，這東西進價到底多少錢？」

他伸出兩根手指。

「二十？」

他笑咪咪地摸摸我的頭，「真聰明。」

「就知道！」我把珍珠收起來，「好了，原諒你。我現在要上班，得幫可愛的熊貓們清理環境了。」

「晚上一起吃個飯吧。」

「好啊。」

我會那麼輕易就原諒宋若谷嗎？笑話。這小子在我面前跟秦雪薇放閃找我麻煩，這一點雖然不是他的錯，但既然我不痛快了，自然就算到他頭上。更何況他還對我說那種話，即便用「發神經」來解釋，那也是不可原諒的！

我要報復他，我要找個清新脫俗的方式報復他。

不過話說回來，他到底為什麼會出現在這裡呢？總不會真的只是跑到這裡玩，然後一不小心和我偶遇吧？哪有這麼巧的事！難道是專門來跟我道歉的？也不太可能，誠惶誠恐啊我。

算了，反正這小子的精神世界是我無法理解的，先教訓他一下再說吧。

晚上下班回到住處，我換了套衣服，來到我和宋若谷約好的飯店。飯店不是很大，主要是煮當地的特色菜，生意很好。我到的時候，宋若谷已經在包廂等我。

自從我一進包廂，宋若谷的目光就沒離開我。我在心裡抹了把汗，這效果……要不要這麼誇張啊……

由於劇情需要，我今晚穿了一件寬的背心，配超短裙，高跟涼鞋。雖然我平時不怎麼穿裙子和高跟鞋，可是大街上也有很多這樣打扮的女孩，我這樣穿應該不算另類吧……

宋若谷總算意識到自己的目光有些冒失，他垂下眼睛，把菜單遞給我。

我坐得很直，面無表情地翻著菜單。

「紀然。」宋若谷突然叫我。

「我不叫紀然。」依然面無表情。

他不解地看著我，笑了笑，「怎麼說？」

我抬眼看他，「叫我Mathilda。」挺住，一定要將冷臉維持到底。

他一愣，「《終極追殺令》？……妳這樣子，」他又打量了我一下，笑得促狹，「裝蘿莉有點困難。」

我把菜單闔上，推給他，「一點也不好笑。」竟然一下子就猜到了，簡直太過分了。

他這才發覺有點不對勁，懷疑地看著我，「妳的名字是Mathilda？」

「如果你不是聾子，我想我不需要說第二遍。」裝臭臉好累啊……

「妳……一直都叫Mathilda？」

「你對我的名字有意見？」

「沒，」他看著我，試探地問，「那妳認識紀然嗎？」

很好，果然多疑的人最好騙，這麼快就上鉤了。我低下頭，故意假裝迴避這個名字。

他最後說出自己的結論，「妳是紀然的另一個人格？」

我故意拉下臉，「我是我，她是她！」

「好好，妳們是兩個人，」他放輕語氣安撫我，面露不安，「那麼妳……是從什麼時候出現的？」

低頭不理他，我真的好想笑啊哈哈哈哈哈……

「紀然，別玩了。」他突然說。

「不要叫我紀然……點菜吧，餓死了。」

「妳不是紀然的話，就該不認識我；既然不認識我，為什麼還來？」他目光銳利，看得我心中一抖。

「我不認識你。但是我餓了，你正好打電話給我。」

這個理由也成立，他又猶豫了。

接下來宋若谷就開始若有似無地套我的話，試圖找出我的破綻。我見識過他的本事，乾脆不說話，專心一志地吃，等他問太多了，就回一句，「你煩不煩！」

所以他也沒轍。

一頓飯吃得我舒爽暢快，這家飯館的魚料理真的很美味。

宋若谷幾乎沒動筷子，他一直用一種別有深意的目光看我，想要推翻那個可怕的結論。看著他的坐立難安，我吃得更開心了，看我嚇死你！

只可惜，鑒於我所營造出來的冷酷臭臉形象，全程都要竭力忍著笑，因為牙關咬得太緊，臉上肌肉都抽動了。

吃飽喝足之後，宋若谷把我送回住處。他也問累了，所以兩人一路沉默。走到我住處樓下時，我停下，笑著看他，「謝謝你今天請我吃飯。」

他大概沒料到我會主動和他說話，愣了一下，才答道，「不用客氣。」

我傾身靠近他，踮起腳在他臉上印上蜻蜓點水的一吻，「獎勵。」說著不等他反應，轉身離去。

我長呼一口氣，好緊張！

「妳不是紀然，」宋若谷突然說道，「紀然不會對我做這些。」

我停下腳步，背對著他揮了揮手，大步走開。

一想到自己騙過聰明又變態的宋若谷了，我就超級有成就感。再想到我竟然吃到宋若谷的豆腐，我就……嗯，又想流鼻血了……

第二天一早上班時，我又巧遇宋若谷了。他這次沒有裝熊貓，而是霸占一個玩具攤子，翹著二郎腿在那裡看書。一個帥哥，穿著一件卡通熊貓T恤，置身於一堆毛茸茸的熊貓之間，那畫面很是搞笑。

他看到我經過時，放下手中的書叫我：「紀然。」

我低頭看了一眼他面前攤開的書，上面全是公式和函數，儘管我學過微積分，卻也根本看不懂。我只好抬起頭看他，「嗯？」

宋若谷神色平靜地問道：「妳昨天怎麼沒來？」

「對不起，」我假裝愧疚地抓抓後腦勺，「那個……昨天我回去時太累了，一不小心就睡著了。」

「是嗎？做義工確實很辛苦，」他點了點頭，「除了睡覺，妳還記得別的事情嗎？或者，有沒有發現什麼不對勁的地方？」

我停頓了一下，迷茫地看著他，「不對勁是指什麼？發生什麼事了？」

他垂下眼睛，搖搖頭，「沒事，妳去上班吧。」

我沒走，在玩具攤前東摸西摸一會兒，問道：「你怎麼會在這裡？昨天那個老闆呢？」不會被他趕走了吧？

「沒看出來嗎？我在半工半讀。」

「你？半工半讀？」雖然我很有想像力，但我實在沒辦法把宋若谷和半工半讀聯繫在一起。史路說了，宋若谷手腕上那支錶，價格可是六位數。

宋若谷面不改色地點點頭，「所以，照顧一下我的生意吧，」他遞給我一個手機吊飾，「五元。」

那手機吊飾是個陶瓷熊貓，小巧可愛，熊貓頭上戴了一朵花，用以宣示性別。

我接過熊貓，掏錢給他，又隨手摘了一頂鴨舌帽扣到他頭上，「既然半工半讀，那就敬業一點，戴著它效果一定很好。」帽子的正面是個熊貓臉，頭上頂著兩個又黑又圓的耳朵，這麼可愛的帽子配上他俊美無比的臉，使他的氣質也活潑陽光起來，看上去很有親和力。

長得好就是占便宜，我摸著下巴想。

宋若谷沒有拒絕，頂著鴨舌帽對我微笑，笑容燦爛，閃得我有些失神。他說道：「今晚一起吃飯吧，我在這裡等妳，下班時一起走。」

「好啊。」

就知道他不甘心，一定是想要全程跟著我然後驗個真假。看樣子我也不能操之過急，太急著表現出來反而會令人心中生疑。在我的劇本裡，Mathilda是個只在夜晚出現，神祕冷酷的女人，既然神祕，那麼她出現的時間就不會像是打卡一樣定時定點，所以不一定每個晚上她都出現。好吧，那麼今天晚上我就正常一回好了。

只是不能變成Mathilda吃他豆腐了，這一點略感遺憾。

所以我像個正常人一樣下班，和宋若谷一起回到市區，儘管在車上睡了一覺，但醒來的時候依然是紀然。

喔對了，我在車上是靠著宋若谷的肩膀睡的，呵呵呵……

宋若谷竟然又帶我去那家飯館，我表現得像是第一次來，研究了半天菜單才點好菜。然後在吃的時候，我故意疑惑而略帶驚喜地說，「咦，這些菜的味道好熟悉。」

宋若谷的眼眸幽黑如深潭，他看著我，「為什麼會覺得熟悉？」

我眼神放空，假裝是陷入回憶，但過了一會兒又茫然地搖頭，「我也不知道，就是感覺……像是在哪裡吃過，可是我真的是第一次吃這裡的東西啊。」說實話，我都開始佩服自己了，這演技，嘖嘖，我當初就不應該上T大，應該考戲劇學院。

「那就多吃點。」宋若谷邊說邊幫我夾菜，「紀然，妳聽說過Mathilda嗎？」

我翻了個白眼，「不要說英文。」

他閉口不再提此事。

所以這晚，兩人相安無事，我心滿意足地吃完飯，回去睡了個好覺。次日，宋若谷又邀請我一起吃晚飯，我乾乾脆脆地拒絕了，理由是基地的同事要一起聚餐。而當我聚餐歸來，接到宋若谷的電話時，我已經又變成Mathilda了。

真的好混亂……

雖然我現在在假裝人格分裂，不過照這樣下去，也許在不久的將來我就真的人格分裂了。

宋若谷打電話來是例行慰問和試探，也不知道他現在到底相信沒有，相信了多少。如果他一直不肯相信，那我這場自導自演也就沒意思了。而且……我都變態成這樣了，他竟然也沒有被嚇到。也對，變態遇到變態，也就是他鄉遇故知，搞不好這樣的我還能讓他有一種親切感呢。

此時我正在一個小酒吧。酒吧裡燈光幽暗，人影幢動，一眼望去一切人事物都光怪陸離，模糊不清。這種場合，特別適合某些不宜見光的心思和行動。

宋若谷找到我時，我正對著一杯雞尾酒發呆。旁邊有一個髮型比雞尾酒還浮誇的小帥哥喋喋不休地和我說話。

那調酒師一看就很業餘，要嘛就是口味獨特，他弄出來的酒賣相都有些慘不忍睹的意思。我面前這杯說是雞尾酒，其實更像蛋黃跌入硫酸銅，黃黃綠綠的，別說喝了，我連看都不想看。

可是我不能把嫌棄表現在臉上，因為Mathilda是一個神祕的、冷酷的、極其重口味的女人。她不會被這樣一杯雞尾酒打敗的……

為了走性感路線，我今天穿了黑色連身裙、黑色細跟涼鞋，還化了妝。好吧，其實我化妝的技術一直停留在入門階段。

但不管怎麼說，這一身裝扮效果還不錯，因為從我進門起已經有好幾個男人找我搭訕了。作為冷豔高貴的第二人格，我當然要對那些男人愛理不理。

頂著一頭彷彿雞毛撣子般的秀髮，自信的小帥哥滔滔不絕地講著他在阿聯酋的神奇經歷，宋若谷突然插了一句：「妳眉毛畫歪了。」他說著，坐在我身旁。

我還沒說話，雞毛撣子小帥哥先表達不服氣，「你這種搭訕很低級。」

我捏著宋若谷的下巴，讓他正對雞毛撣子，宋若谷相當配合，順從得彷彿他是我包養的小白臉。我對雞毛撣子說：「但是他的臉不低級。」那是相當有殺傷力的。

雞毛撣子不服氣地哼了一聲，卻也只能轉身離去。

我轉過頭，發現宋若谷正似笑非笑地看著我，我的手還停留在他下巴上。他含笑說道：「我的臉不低級？」

「意思是你很帥。」我順手在他臉上拍了兩下。人格分裂也是有好處的，可以盡情做自己白天不敢做的事。

被誇獎了，宋若谷心情不錯，他打量我一番，禮貌性地回敬，「妳也不錯。」

我把面前那杯蛋黃硫酸銅推給他，「請你。」

「謝謝，」他扶著杯子，問道：「所以，今天把我叫來這裡，是需要我來付帳，還是說，妳對我有興趣？」

「都有。」反正我是Mathilda，丟人我不怕。

他不語，低頭喝了一小口酒，然後默默地把酒推開，又招來店員要了兩杯可樂。

我忍笑忍得很辛苦。

又過了一會兒，宋若谷一直沉默地喝著可樂，並不說話。我只好湊近一些問道：「那你呢？你喜歡我嗎？」

「不喜歡。」他答得相當直接。

「……」雖然已經知道這個結果，但是聽他親口說出來，還是很受打擊。

「妳在沉睡時，都知道紀然在做什麼嗎？」宋若谷又問。

看樣子又是想套我的話，本著知道太多，下場都不好的原則，我搖頭，「不知道，」想了想，又加了一句，「她呢？知道我做了什麼嗎？」

他搖頭，「她根本就不知道妳的存在。」

看樣子宋若谷已經有點相信了啊。我滿意地點點頭。

回去時兩人悠閒地散步。今天難得天氣晴朗，漫天星辰璀璨，習慣了大都市灰濛濛的天空，看到滿天的星星讓人心中溢滿欣喜，那情緒彷彿要衝破胸膛，使人一呼一吸都帶著愉悅。

在這鑲著碎鑽的穹頂之下漫步，實在是一件浪漫的事情。

可惜不能握住身邊人的手……

宋若谷突然在一間花店前停下來。

花店門口擺著不少花，他指著其中一束，「妳知道這是什麼嗎？」

「姬金魚草。」我答道。這東西我當然見過，眼前的人還送過我呢。

「原來妳知道，」宋若谷說道，「不過它的花語很特別，妳一定不知道。」

「『請你離我遠一點』，」我白了他一眼，冷笑，「地球人都知道。」來膜拜我的博學吧！

「是啊。」他突然低頭笑起來，那笑聲很不正常，彷彿東方不敗把葵花寶典練至頂層時的欣喜與得意，實在令我等凡夫俗子聽得心裡發毛。

「宋若谷？」你這是又中了哪門子邪，麻煩你給點提示……

他抬眼看我，眼中笑意更盛，「妳還真是見多識廣。」

我得意地一扭頭，腰板挺得筆直，目不斜視地大步向前走。

他還在笑個不停。

我有點惱火。

到我公寓樓下時，我正要和宋若谷告別，他卻突然說道：「雖然我不喜歡妳，但既然妳喜歡我，我就允許妳調戲我。」

「……」請原諒我大腦運轉速度有限，一時無法理解這話中包含的資訊。

他見我沒反應，乾脆微微彎腰，把臉湊到我面前。

於是我像個傀儡般，不由自主地就親了上去。

然後他就笑咪咪地走了。

然後我才發現，這到底是誰調戲誰啊！

◇

次日上班我遇到宋若谷時，他笑得有些意味深長。

我若無其事地把熊貓鴨舌帽扣到他頭上，「這麼高興，有喜了啊？」說著，還惡意地往他腹部瞄了一眼。

「是啊，不信妳摸摸。」他嘴上又開始不正經。

這種臉皮厚的人調戲起來最沒意思，你當成調戲，人家還當成享受呢。

所以我沒再搭理他，上山伺候熊貓去了。等著吧，等我變回Mathilda，一定先XX再OO了你，哈哈哈！

我開始有點喜歡Mathilda這個身分了。儘管一開始我只是惡趣味地想要裝人格分裂、嚇唬一下宋若谷，但現在頂著這個分身帳號，作案什麼的都太方便，夢中情人的豆腐隨便吃，想摸哪裡摸哪裡，想親哪裡親哪裡，還有什麼比這更令人興奮的呢。

因此，隨後的兩個多星期，我漸漸地有點上癮了，每天太陽一下山，就把Mathilda放出來吸收日月精華，當然主要目的是調戲宋若谷。

而且宋若谷相當配合，我很懷疑他其實就喜歡Mathilda這一型的。我摸他臉的時候他完全不拒絕，偶爾還會主動把臉湊過來讓我親。雖然我很希望直接把他撲倒，但我畢竟有賊心沒賊膽，所以自始至終只停留在拉拉小手、親親小臉的地步。我不敢有進一步動作的另外一個原因，是怕一不小心越過界、引起宋若谷的反感，到時候連手頭這點福利都沒有了，得不償失。

雖然裝人格分裂的時候很享受，但做回紀然時我心中又縈繞著一股失落感，而且這股失落感越來越強烈。我喜歡他，卻不能在陽光下靠近他，只能在夜晚裝成另外一個陌生人去接近他，觸碰他，以滿足內心那種求而不得的渴望。而他始終淡定自若地接受這一切，彷彿局外人一樣，隔岸觀火。

所以我其實織了一張網，本來想折磨他一下，到頭來卻把自己圈住了。

所謂作繭自縛，大概就是這個意思吧。

我的內心承受煎熬時，宋若谷在山上過得無比快樂逍遙，儼然有把半工半讀當成打工度假的感覺。他弄了個巨大的躺椅在玩具攤旁，還帶了不少零食和水果。他每天守著一堆毛絨玩具看稀奇古怪的書，累了就吃點東西，或者在躺椅上睡一會兒；有人偷拿他的東西他也不在乎，到時候自己掏錢補上。但神奇的是，如此消極怠工的態度，也沒讓他丟多少東西，可見遊客素質有了大幅度提升。他賣東西不喜歡和人講價，當然，如果有遊客堅持和他殺價他也懶得計較，遇到合眼緣的顧客就意思意思賣掉，看不順眼的他就懶洋洋地一指身旁碩大的「謝絕殺價」的牌子，坐下繼續看書，老僧入定般的對對方的話置若罔聞。

我以為，像他這樣做生意一定會賠得褲子都不剩。

然而某一天，我翻了翻他的帳本——那是玩具攤老闆為了監督宋若谷而自己做的，留了備份給宋若谷，我看的就是備份——然後發現，這小子竟然賺了不少。

我百思不得其解，在一旁觀察了一天，終於看清箇中道理。

你必須承認，某些時候，臉和錢之間真的可以畫上等號。

比如宋若谷，往那一放就是個活招牌，長相俊美、氣質乾淨，再一問，是半工半讀的大學生！這樣美好的表象，即便是人品為負的渣男、以占便宜為己任的大媽以及討價還價強迫症患者們也都不好意思下狠手，更多的是圍觀、搭訕、聊天以及……偷拍……

是的，偷拍。我親眼見到不少遊客——當中以女性居多，舉著相機、手機對著宋若谷拍，含蓄一點的還會考慮到宋若谷的目光偷偷拍，而大膽一點的，有些直接對著他喊：「帥哥，笑一個！」這哪裡是偷拍，簡直就是明拍了。

大概是見怪不怪，宋若谷對這些行為也不怎麼在意，偶爾心情好時，還會對那幫人施捨幾個笑容。

戴著熊貓鴨舌帽的英俊男生，燦爛而溫柔的笑容，以大團大團圓滾滾的熊貓當背景，還有男生手上艱深的專業書籍……這張圖片被人傳到網路上，然後被各種轉發，於是宋若谷也當了一回網路紅人。

出名是要付出代價的，他竄紅之後，就有不少人專程跑到景區來圍觀他，使得他不勝其擾，不管銷售額瘋漲到什麼程度，都不能阻止他捲舖蓋離開的決心。

離開的前一天，他找到我，想邀請我去附近的古鎮一遊，我欣然應允。

其實這時候我的實習已經結束了，之所以賴在基地不走，一來是捨不得那些熊貓，二來是捨不得外面那個帥哥，咳……

雖然是暑期，但並非假日，所以鎮上的遊客不多，來這裡的大多是一些學生和尋找靈感的藝術家。我們去的當天，在橋上看到幾個人在寫生。我對於美術的欣賞能力僅限於能區分出什麼東西好看什麼、東西不好看，但是宋若谷貌似很內行，他還裝成專家和他們聊了一會兒，搞得氣氛很是熱烈。

這座橋修成拱月形，有些陡，算是古鎮的至高處，站在上面一眼望去，映入眼簾的彷彿一幅清淡悠遠的水墨畫。太陽如一枚紅心鹹鴨蛋，籠罩赤紅的光，淡青色的山痕垂下天幕，濃翠的樹木掩映下是錯落的民居。幾個老人坐在自家門前聊天喝茶，腳下棕黃色的土狗懶洋洋地趴著。橋下一條小溪，流水潺潺，沁得人心肺清涼。總體來說，這個古鎮雖然有點開發過度，但還是保留了一些古老小鎮特有的古樸和安寧。

我和宋若谷並肩走在橋上，我是不會告訴他我有多麼羨慕嫉妒恨的，「看不出來你還會畫畫。」

他一點也不謙虛，「我會的東西很多。」

「會生寶寶嗎？」

「有人會就行。」

……我有點嫉妒他未來寶寶的媽媽。

甩掉腦子中的負面想法，我說道：「之後也幫我畫一張吧。」等你我漸行漸遠時，也好留個紀念。

「想做我的模特兒？好啊，妳做好不穿衣服的準備。」

他這句話的直接後果是我腳下一滑，差一點摔下橋。還好他反應快，一把拉住我的手，等我站穩之後，他不忘下評語，「笨蛋。」

笨蛋就笨蛋吧，反正我再也不敢和他提畫畫的事了。

古鎮很小，來回逛兩圈，看看景色，感受一下那種遠離喧囂的寧靜，這趟旅行也就差不多要結束了。因為我們來的時候已經快接近傍晚，所以逛完古鎮之後我們也沒有回去，就在當地吃了特色的麵食，又找一間小旅館下榻。我在小旅館中換了件衣服，再出來時，儼然又變成Mathilda。宋若谷已經能夠根據我的服裝特點區分哪個是紀然，哪個是Mathilda——穿裙子的一定是Mathilda。

不過我今天走的是小清新路線，穿的裙子是及膝的淺藍色棉布印花連身裙，腕上一串藍色玻璃手鍊，已經留長的頭髮散下來，柔順地披在肩上，裝得很像那麼回事。

宋若谷由衷地讚美，「紀然，妳很美。」

我心內得意，臉上還要保持冷靜，「叫我Mathilda。」

夜晚的古鎮多了幾分燈火通明和人情味，許多店鋪門前亮著燈籠，將整條長街照出一片溫暖的橘光，人走在其中，會特別有一種要和所愛之人長相廝守的衝動。

我偏頭看了看身旁的所愛之人，他的側臉在橘色的燈光暈染下，線條柔和，俊逸無比。忍住撲上去親一口的衝動，我把他拉到拱橋上。

所謂調戲，也是需要氣氛的。

今天又是一個晴朗的天氣，這在號稱雨城的雅安是多麼寶貴。拱橋上，我和宋若谷並肩坐著看星星。天幕湛藍如深海，海底鋪著一顆顆亮晶晶的貝殼，星光灑向大地，被人間的璀璨燈光弱化，顯得清曠而闊遠。樹林深處傳來陣陣琴聲，悠揚恬淡，如暮色中倦歸的鳥兒。

我斜眼看向宋若谷，他正仰頭望著星空，雙手向後撐著地，也不知在想些什麼。線條完美的臉龐披著星光與燈光，彷彿敷上了魔力，讓人忍不住想要親近。

事實上我也這麼做了。

我悄悄地湊近他，跨腿，雙膝著地，撐在他身側，雙手扶著他的肩膀，直勾勾地盯著他的眼睛。

這個動作於我來說已經算很是大膽，我緊張得口乾舌燥，不由得吞了一下口水。

宋若谷收回目光，看向我。他保持著那個動作沒有躲，這像是鼓勵一般，鼓動著我心中某個念頭。

親上去、親上去……

我盯著他的嘴唇，線條優美，飽滿豐潤，彷彿在向我吐著魔咒，親上去、親上去……

我湊近了一些，他依然沒躲開，垂著眼睛靜靜地看我，目光清涼如橋下汩汩的溪水。近在咫尺的他，卻又顯得那麼遙遠。我沒有勇氣真的親上去，卻又不甘心就此放開，只一直保持這個略為猥瑣的動作，愣愣地看著他。

他的臉上突然漾起笑容，「怎麼不繼續？」聲音低沉，撩人心弦。

他這樣一說，我更不好意思了，只好放開他，想要站起來。

然而他卻坐直身體，扶著我的肩膀把我又按下來，這麼一鬧，我就坐在他的腿上。那姿勢，咳咳……

就在我心猿意馬時，他一手向下移，固定我的腰，另一手移到我腦後，按著我的後腦迫使我繼續向前，直到我們的嘴唇貼在一起。

我有些無法回神。

「知道嗎？」他舔了一下唇角，笑道：「雖然我很享受被妳調戲的過程，但是我真的等不了了。」說著，他又吻上來，這次不再是蜻蜓點水，而像是暴雨過境，猛烈得讓人招架不住。

我腦中彷彿有什麼東西「轟」地一聲炸開，碎了一地金光，擊得我一時呼吸困難，胸腔中似乎有千斤重石堵住，壓得我肝膽俱疼。

他果然喜歡 Mathilda，我就知道，我就知道！

這個認知比「宋若谷不喜歡紀然」更讓我難以接受，我激烈地掙扎，他卻把我按在地上，身體壓了過來，激吻如雨點般落下。我的後背抵著冰涼堅硬的石頭，口腔中全是他的氣息，如此令人著迷，可是一想到這吻是給另一個人的，我心裡又升起一股反感。

感覺到腿上有一個硬邦邦的東西頂著，我哭笑不得。蒼天啊，我這回是真的玩過頭了！

他放開我的嘴唇，濡濕順著臉頰一路蜿蜒，停在我的耳側。

「紀然。」他含著我的耳垂，含糊地說。

「！！！」什麼情況！

「妳不會真的以為騙到我了吧？」他笑道，胸腔微微震動，隔著衣服傳給我，導致我的心跳更加劇烈。

「……」我感到一陣眩暈，除了大口喘氣，嘴裡吐不出一個字。

「忘了告訴妳，姬金魚草的花語其實是，請察覺我的愛意。」

第十八章

我真傻，真的。

我怎麼會相信這世界上有「請你離我遠一點」這種花語，這明顯有一種仙人掌亂入百花叢的古怪感。我竟然對此深信不疑，看來我的智商確實欠費太久，急需繳錢了。

昨天晚上，宋若谷說出那句話之後，我的心情直接從凜冽的冬天走進溫暖的春天，又從溫暖的春天走進燥熱的夏天，最後從燥熱的夏天闖入明朗的秋天。

原來當初那束漂亮的小黃花，並不是他隨手拿的。

原來他也一直喜歡著我。

原來我的小把戲從來都逃不過他的眼睛。

原來他一直在逗我玩。

原來……原來我是個傻瓜……

我感動於宋若谷的表白，也羞澀於自己的愚蠢，掙扎了一會兒，也就豁出去了，主動攬著他的脖子親他。

宋若谷對我的這個舉動很是受用，證據之一就是抵在我腿上的某個東西更硬了。

我本能地想收回腿遠離他，但我被他壓在身下，腿一動，就蹭到了他。

「嗯……」他舒服地悶哼，吮吻著我的嘴角，低笑，「繼續……」

我動也不敢動。

藉著星光，我看到他忍得似乎很辛苦，額頭已經冒出細汗。

「回去吧。」

「嗯。」

回去時，宋若谷的腳步略顯詭異，我想笑又不好意思當著他的面，回到房間才捂著肚子滾到床上，樂不可支。

隔天再見到宋若谷時，兩人的臉色都顯得睡眠不足。我昨晚確實失眠了，一想到我喜歡的宋若谷竟然也喜歡著我，我怎麼可能還睡得著呢。所以昨天我抱著被子在床上翻滾了一夜，偶爾嘿嘿淫笑，更像個傻瓜了。

但是早上面對宋若谷時，我還是有點不自然，悶頭吃飯不說話。

「吃慢一點，」宋若谷掏出紙巾幫我擦嘴角，接著目光停留在我的嘴唇上，「還沒好？」

他指的是我嘴唇上細小的傷口，昨天晚上被他弄破了，雖然已經癒合，但還有痕跡，用力碰的話也會微微地痛。這個罪魁禍首絲毫不覺愧疚，那笑意，像是在看什麼偉大的成果。

禽獸！鄙視他！

吃過晚飯，宋若谷做了一個新的決定，他不走了，要陪我一起養熊貓。我好說歹說把他勸住了，他還很不滿，「妳捨得？」

「我也要回家了，真的。」我說道，「還剩下半個月就開學了，我要是再不回去，我媽就殺過來了。」

不管怎麼說，剛剛在一起，我們就要分離了。

我和他都很不捨，所以在機場的某個偏僻角落，宋若谷對我進行了一場慘無人道的摧殘，搞得我嘴唇腫得像中毒般，他才心滿意足地離去，臨走時還幫我拍了幾張照片，說要睹照思人。

看著這人談戀愛時一瀉千里的智商，我就不告訴他，我們其實可以視訊。

◇

在我踏上故鄉土地的當天，我媽就發現了我的祕密，「妳談戀愛了？」

我是真的、真的想對她下跪，這人太有當神棍的資質了，我都還沒喘口氣呢，她到底是怎麼發現的？

「證據？」我問道。

「我是妳媽。」

「……」

所以這天晚上，我翻著宋若谷的照片，跟她講解了一下我現在的男朋友，也是我的初戀。

她慧眼如炬，直指要害，「就是和妳開房間的那個？」

「不是開房間！」

接著她就語重心長地跟我說了一下女孩子潔身自愛有多麼多麼重要，言辭懇切，案例豐富。某些時候囉嗦也是一種強大的技能，如果又在這項技能前面冠一個「媽媽」當形容詞，那麼它就會成為所向披靡的武器，能把人轟得滿地找牙。

直到我抱著她的大腿，淚眼汪汪地向她發誓絕不搞婚前性行為，她這才滿意地收口，把疲憊的我往旁邊一甩，睡覺去了。

可憐此時已經將近午夜，我累得連回自己房間的力氣都沒有，只能窩在沙發上不想動。

其實我本人對婚前什麼的並不反感，畢竟時代不同了，年輕一輩和老一輩的觀念也不一樣。不過既然答應我媽了，我也只好遵守承諾。

況且，我和宋若谷才在一起沒幾天，現在就談那件事，為時尚早。

回到家的第二天，宋若谷就發現「原來我們可以視訊」這種事情。雖然視訊聊天的畫面並不好，但足以慰藉相思之苦。因此，剩下的暑假時光，視訊聊天成為我們的日常娛樂。其實我的話不算多，宋若谷的話就更少了，所以有時候我們並不說話，就這麼開著，各自做自己的事情，偶爾抬頭看一眼對方，心裡就充斥著甜蜜的滿足感。

不過宋若谷的視訊背景中經常有他媽媽亂入的身影，他對此的解釋是他媽媽想我了。後來這位美麗的阿姨就把宋若谷擠到一旁，自己坐過來和我聊天了。

除去在電腦前的時光，我偶爾也和史路一起玩，多數是他來找我，兩人一起看電視打電動，或者出去吃東西、看電影。我最佩服史路的一點是，他在面對我時絲毫不覺得尷尬，彷彿他自始至終都只是我的密友，從來沒動過別的心思。他表現得如此自然，我也就更不好意思疏遠他了，該玩就玩，該鬧就鬧。

自我媽媽之後，史路是第二個發現我戀愛了的人。

「宋若谷？」他問。

我嚴肅地點點頭。

「我討厭他！」他憤憤地說。

「你要是喜歡他才糟糕呢，」我笑嘻嘻地捏他的臉，「我可不想和你搶男人。」

「輸給他，我不服啊不服。」史路倒在我家沙發上，捂著胸口作吐血狀。

「你應該這樣想，我是個禍害，跟誰在一起就禍害誰，所以宋若谷其實替你擋災解厄了。」

我安慰他。

史路躺在沙發上想了一下，閉著眼睛說道：「不行，紀然，妳得留點紀念品給我。」

「你要什麼？」

他尋思了一下，突然睜開眼睛，指著電視，「我要這個！」

我嘆了口氣，「這電視是我媽新買的，給你她會殺了我。乖，之後我存錢買給你。」

「誰要電視！」他起身，跑到電視前，指著上面一個小東西，「我要的是這個。」

他想要的是宋若谷送我的那顆大珍珠。我回到家之後找了個小托架，直接把它放在托架上，然後擺在電視機上。陽光從窗外照進來時，珍珠表面會裹一層光芒，光華流轉，格外漂亮。

史路對這類漂漂亮亮的東西永遠沒有抵抗力。要是別的什麼東西他想要，我就給他了，可是眼前的東西是宋若谷送給我的，雖然它只值二十塊錢，可是意義很重大啊。這是他千里迢迢從Y市帶來雅安給我的，那時候我們兩個已經互相喜歡了，這顆漂亮的小東西，滿滿的全是情意。

所以我拿出前所未有的堅持來捍衛我的私有財產，史路不死心，鬧了好半天，我依然沒答應要給他。

末了，他只好說，「不給也行，妳得借我玩幾天。」

我只好退一步，玩就玩吧，這個看起來很結實，想必也玩不壞。「如果你敢給我弄丟，我絕對有辦法讓你生不如死。」我凶神惡煞地警告他，把那顆大珍珠遞到他手裡。

然後這小子就抱著大珍珠，歡天喜地地跑了。

又過了兩天就開學了。這是我生平頭一次如此期待開學，因為開學就可以見到宋若谷了。

宋若谷又去車站接我和史路，在人流湧動的出站口，他剛看到我時就肆無忌憚地要吻我，還好我躲得快，不然多不好意思。

他只好退而求其次，抱了抱我。

再次感受到熟悉的氣息，我也有些激動。話說，相思真是一種病啊，「一日不見如隔三秋」這絕對是寫實啊。

於是我們一回到學校，就把史路丟到一邊，兩人約會去了。因為我有點累，所以也沒玩太久，就是一起吃個飯、看個電影。電影是號稱感動人心的悲情片，據說很經典。整個放映廳的人都在抹眼淚時，我和宋若谷坐在中間看著螢幕傻笑著。等到散場時，兩人都不知道電影到底講了什麼故事。

雖然如此，但我依然很開心。

我們牽著手走在夜色中的校園裡，北方已經入秋，今天又下了一場雨，因此天氣有些涼，而我還是一身輕薄打扮。宋若谷很體貼地把他的外套披在我身上，這衣服對我來說太大，幾乎要遮住我的超短褲，披在身上簡直像是套了個麻布袋，不過我還是覺得暖洋洋的，很幸福。

宋若谷送我回寢室時，我們在宿舍樓下遇到秦雪薇。其實這不算巧遇，我和她本來就住一棟樓，而我和宋若谷又在樓下糾纏太久，所以……

秦雪薇看著我們交纏的手，面色陰鬱。等她走後，我回頭瞪向宋若谷，「你是不是還有事情沒跟我解釋？」

宋若谷手指輕拂我臉龐，笑道，「紀然，妳終於想起來要吃她的醋了。」

我臉一紅，「不許轉移話題，老實交代。」

「我和她分手之後，她確實說過喜歡我，但我們之間真的沒有什麼。」

「沒有什麼？沒有什麼，妳會讓她插隊去實習，還……還和她穿情侶裝！」

「我和她畢竟是朋友，實習這種事，她想去我也不好拒絕。至於所謂情侶裝，我發誓，我看到她穿的衣服時，和妳一樣驚訝。」

「真的？」

他嘆了口氣，苦笑，「本來還想將計就計氣一氣妳，沒想到氣到的是自己。」

「可是你還主動握她的手。」

「我主動握她手時，你在做什麼？」

「……」我好像正在親老六……

「所以，」他吻了吻我的額頭，「我知道妳為什麼會去親老六，為什麼偏偏讓我看到，那麼妳也應該知道我為什麼主動去握她的手，為什麼會說那些傷害妳的話。說來說去，我們兩個都在互相找彆扭。以後我們不要這樣了，好不好？」

「當然不會了，現在你可是我的人了。」我說著，拍了拍他的肩膀。

「是，我是妳的人了，」他一樂，湊到我耳邊，嘴唇似有似無地擦過我的耳朵，「所以，妳要對我負責。」

……我怎麼覺得我們這話題越來越往兒童不宜的方向跑呢。

我乾咳一聲，扯了扯身上的衣服說：「衣服我先穿回去，之後幫你洗吧。」我也裝一回賢良淑德，嘿嘿嘿。

「不，我宋若谷的女朋友是用來疼愛的，妳用不著為我做這些。」他搖頭。

這人真是……體貼得不解風情，哼。

我以為宋若谷所謂「女朋友是用來疼愛的」不過是隨口說的甜言蜜語，但沒想到他很快就亮出二十四孝好男友的本性，讓我著實有些招架不住。

本來嘛，T大男女比例一直很懸殊，女生資源極其匱乏，男生在T大待久了，出了校門看母豬都是雙眼皮的，所以這裡就是一個巨大的生產忠犬男友的培養皿。宋若谷作為一個發神經外星人，多少也受到地球人的影響，開始在無敵忠犬的不歸路上越走越遠。

什麼騎腳踏車接送上下課啊，買早餐陪吃飯啊，夾菜挑魚刺啊，一切消費主動掏錢包啊……

這些都弱爆了，有一次我感冒發燒，自己都不覺得怎麼難受，他倒急得自己都差點病倒。

他竟然還幫我做選修課作業。我們的選修課不一樣，但他經常翹掉自己的選修課來陪我上。我那堂課是關於經濟學的，其實很無聊，有宋若谷在，我就更聽不下去了，即便他不說話，就那麼一直盯著我的側臉看，我也受不了，不一會兒就臉上發熱。而且這小子難道是屬青蛙的嗎？怎麼能夠坐在那裡文風不動，像在守候獵物一般，連眼睛都不眨一下！

我在本子上寫了幾個字遞給他：別看了！

他在那行字下面寫：妳親我一下。

一堂選修課一百多個學生，他提這個要求實在太無恥了。我發現宋若谷這人果然是個變態，他非常喜歡在公共場合放閃，但是我對於在公共場合親熱的接受程度僅限於拉拉手，所以他基本上不會得逞的。每到這個時候，他都會用火熱、欲求不滿的眼神盯著我看，直到把我弄得滿臉通紅。後來他還解釋自己的這個行為：「我就是喜歡看妳害羞的樣子。」

……害羞你妹！

所以現在宋若谷又玩起老把戲，我被看得氣血浮動，老師講的話一個字也沒聽進去。於是我向旁邊伸手，摸到宋若谷的大腿，然後用力一擰……痛死你！

「唔……」宋若谷皺起眉輕哼，含笑看向我，目光如水，那表情不像是痛，倒像是無比享受。

「……」對這個刀槍不入的變態，我實在不知道該如何是好了。

老師察覺到這邊的動靜，點了宋若谷來回答問題，整個問題我也沒聽清楚，只記得「邊際效應」這四個字。

但是宋若谷想都沒想就答出來了。

老師滿意地點點頭，拿著點名簿問道，「你叫什麼名字？」為了鼓勵同學回答問題，每一個答對的同學都會有少量的期末成績加分。

宋若谷面不改色，「紀然，學號XXXXXXXX。」

這小子知名度太高，周圍不少同學已經認出他，紛紛用眼神控訴著他的無恥。

他坐下之後，在我的本子上寫道：獎勵？

『你要什麼？』

『妳剛才弄痛我了。』

『然後？』

『幫我揉揉。』

『滾。』

「真是一點也不溫柔。」下課之後，宋若谷幫我提著包包，邊走邊說。夜已經深了，路燈並不是很亮，照得地面的人影都模糊不清。

我扭頭看他柔和深邃的側臉，他垂著眼睛，濃密的睫毛掩住了目光。

生氣了？

我把他拉到一個偏僻的角落，這裡沒有燈光和月光的眷顧，被周邊的光亮反襯得更加陰暗。我把他推到牆上，踮起腳吻他。

他立刻激烈地回應我，輕輕齧咬著我的嘴唇，舌頭長驅直入，一邊吻一邊劇烈地喘息，手臂不自覺地收緊。

某種程度上說，男生其實是很好哄的。

親著親著，他的動作就有些不規矩。他摩娑著我的腰，手指輕輕探進我的衣服。

我果斷地把他的手拎出來，頭也偏開，躲避他的追逐。

「紀然，」他伏在我的耳邊，輕聲嘆息，氣息依然紊亂而火熱，「獅子的發情期在九月，熊貓的發情期在四月。」

拜託，我是學生物的，不用你告訴我這些吧！

他用下巴摩娑著我的頸窩，又說道：「只有人類，每天都在發情期。」嗓音暗啞，我甚至能感受到他喉嚨的滾動。

我落荒而逃。

本以為兩人再相見會比較尷尬，然而第二天他又像沒事似的，提早跑到教室門口等我，見到我時笑咪咪地問我中午想吃什麼。被他這麼一弄，我也一點害羞的感覺都找不到了，坐在他的腳踏車上歡快地直奔學生餐廳。

關於那堂選修課，後來我們沒有考試，只上交一份論文作為最終成績。宋若谷原創了一篇上萬字關於經濟危機的論文，有論點、有論據，還有複雜的資料分析，雖然我不怎麼看得懂，但老師是識貨的，大筆一揮，給了我一個接近滿分的成績。這也導致老師對他印象深刻，直到大三時，看到宋若谷還會親切地叫他一聲「紀然」。罪過啊罪過。

除此之外，宋若谷還喜歡時不時地給我「驚喜」。一開始也不知道他是跟誰學的，偷看我的電腦，把我購物車裡的東西全都付了款，以至於我後來莫名其妙一件件地收到沒付過錢的東西，自己嚇得半死。在我婉轉地表達我對這種「驚喜」的不適應之後，他改送一些小禮物。什麼印著我們兩人合照的馬克杯啊，或可愛或風騷的飾品啊，他自己插的花束啊，動漫的周邊啊，神奇的小玩具啊什麼的，不一而定。大概是得到什麼高人指點，他送的禮物都透著一股清新的味道，簡單可愛，價格也不貴，讓人無法拒絕。後來才知道那是因為他媽媽成為了他的愛情顧問。

我專門買了個超級大的收納箱放這些寶貝。我寢室的姊妹看到之後，無不誇讚宋若谷的溫柔體貼。

是啊，實在是太體貼了……有一天，他竟然還泰然自若地問我，要不要幫我買衛生棉。

……不用！

我從小到大從來沒遇過這樣的人，溫柔到能把你的骨頭都融化了。這讓我感動之餘，心裡又有些毛毛的……

某一次，我們倆一起吃飯時，我看到宋若谷把一隻隻蝦剝好，堆到小碟子裡，最後推到我面前。我有些感動，說道：「宋若谷，你不用這樣。」

「紀然，我想對妳好。」

我這個人哭點奇高，幼稚園畢業之後哭的次數十隻手指頭數得出來，那些慘絕人寰的人間悲劇、虐戀情深的愛情，或者感動人心、賺人眼淚的各種故事……都沒讓我流淚，可是這一次，因為宋若谷一句簡簡單單的話，我竟然就忍不住哭出來了……

這世界上有一個人，他不是你爸、不是你媽，卻對你體貼入微，關懷備至，無時無刻不關心你、愛護你，為你快樂而快樂，為你難過而難過，毫不計較地付出，只是因為，他愛你。

這樣的愛情，你旁觀時也許並不會有什麼感覺，可是有朝一日當你真正得到時，一定會幸福到流淚——不管你的哭點有多高。

那天我淚腺一發威就止不住了，趴在宋若谷懷裡哭了半天，他一邊輕輕地拍著我的後背，一邊柔聲安慰我，低沉甜蜜的話語像是春夜裡靜靜流動的泉水，有一種安撫人心的效果。我沉浸在這泉水之中，心想我這輩子可能真的就栽在他手裡了。

如果有一個男人，他無條件地對你好，好到你眼中再也容不下任何人，那麼你就認栽吧。

所以說，對於愛情，溫柔才是最致命的武器。

但是這一天，溫柔的宋若谷生氣了。

事情是這樣的。他給我的那顆假珍珠，我借給史路玩。史路這小子拿著它炫耀來炫耀去，一不小心炫耀到宋若谷面前。

宋若谷一眼就認出這東西，於是他很生氣。

史路還嫌事情不夠瞎，得意地告訴宋若谷，「是紀然給我的。」

我當時也在場，心虛地矢口否認這顆就是他給我的那顆。反正這東西一定是大量生產的，他能買，別人也能買。

宋若谷哪有那麼好唬弄，他瞇著眼睛，危險地看著我，堅持要求馬上看到我的那顆。

我哪有啊，為了圓上一個謊，就又撒了個謊，「放在家裡了……」

「那就回家拿。」

回家拿？花好幾百元的車錢，就為了拿個二十元的珍珠，這種做法真的好嗎……

「不然就快遞。」

我只好答應他，會讓我媽媽快遞過來，想著之後再直接把史路手裡那顆要回來就好。結果宋若谷很奸詐地表示，為了防止我們作弊，史路這顆暫時由他保管。

史路自然不肯。

「或者讓我二十四小時守在你身邊。」宋若谷提出另一個建議。

於是史路乖乖地交出了珠子。

面對這種像豬一樣的隊友，我只好求助萬能的網路。如今網路購物如此發達，只有你想不到，沒有你買不到，想找顆人造珠子應該不會太難。

但事實卻是……很難。

怎麼說呢，其實我這顆珠子的條件滿高的，要形狀相同、大小相同、顏色相同，還要做工好，性價比高，能儘快到貨……這些條件加起來，備用選擇也就寥寥可數了。

搜來搜去，我在淘寶上忍痛花兩百元買了一顆，收到貨一看，頓感失望，別說宋若谷了，連我自己都能看出和上一顆很不一樣。

到這時候我才驚覺事情不對勁。

怎麼這兩百元的東西比二十元的還像假貨呢……

「丟了？」宋若谷抱著雙臂，神色冷洌。身邊彷彿漂浮著一層可見的冰山，人神勿近。

我一縮脖子，「是啊。」

「可是我現在想要回來，怎麼辦？」

「要不然……嗯，我照原價還你錢？」

「好啊，」他挑眉冷笑，在我面前拍了一張紙，「這是發票，我也不要全款，妳給我百分之八十就行。」

發票很正規，我拿過來一看，上面的數字看起來著實驚悚，我嚇得牙關打顫，「這這這這這是假發票吧？」

「妳說呢？」他似笑非笑，目光危險。

「可你不是說才二十嗎……」

「我沒說，是妳自己說的。」

我一回想，也確實，我猜了個二十元，他當時沒承認也沒否認。都怪我先入為主地以為那東西是假的。可是它那麼漂亮，完美到逼真，怎麼會是假的呢？

看來這次我又犯傻了。

「還錢。」宋若谷冷酷無情地說道。

「能不能分期啊？」

「不能。」

「那就錢債肉償。」

「……」這情節是又要往重口味的方向發展嗎？

他抬起我的下巴，拇指輕輕摩娑著我的嘴唇，突然一低頭，作勢要吻我。

我後退兩步，舉手投降，「好吧，我說實話，那顆珍珠其實是借給史路玩了，但是我絕對沒有送給他。本來我已經準備要回來了，真的真的，我發誓！我錯了！」我換上可憐兮兮的眼神，望著他。

他嘆了口氣，向我攤開手，掌中躺著的正是那顆大珍珠。

「收好，這是我們的定情物。」他說。

「嗯！保證再也不讓別人碰了！」我狗腿地點頭，拿著那顆珍珠，放在唇間輕輕親了一下。

「只親它嗎？」宋若谷不滿地看著我。

我勾著他的脖子，湊過去吻他。他主動迎過來，咬住我的嘴唇和我糾纏。

一番唇舌交纏之後，宋若谷的心情果然好了許多，他摸著嘴角笑，「但我還是要懲罰妳。」

「好吧，怎麼懲罰？」

「沒想好，先記帳吧。」

我有一種不太好的預感。

搞定宋若谷這邊之後，我把史路揪出來教訓了一頓。結果這小子得意地告訴我，「我怎麼會看不出那東西的真假。其實就算妳給我，我也不會真的拿……我就是想氣死他。」

……我還想捏死你呢。

第十九章

不管怎麼說，珍珠風波算是擺平了，宋若谷又恢復二十四孝好男友的樣子，只是偶爾看我的眼神會透著一股躍躍欲試的樣子，問他，他就回答，「我在想怎麼懲罰妳。」

我覺得自己就像是待宰的羔羊。

但我暫時也沒心思去想他到底會怎麼懲罰我，因為有另一件事情讓我略感不安。

宋若谷要帶我去參加一個派對，這不是重點，重點是那個派對是他一個叔叔辦的，到時候大概會有不少他的長輩和朋友，甚至他爺爺都有可能去。於是，他這應該算是正式把我介紹給親戚朋友了。

「你玩真的啊？」說實話我有一點緊張，見長輩什麼的，還是一卜子見那麼多位

「你玩真的啊？」說實話我有一點緊張，見長輩什麼的，還是一下子見那麼多，真的好可怕……

「我從來不玩，我一直是認真的，」他看著我，面色不善，「難道妳只是玩玩？」

「不是不是，我不是那個意思，」我連忙搖頭，「我就是……這個，是不是太快了？」

「快？妳知道我肖想妳多久了嗎？」他遞給我一件裙子，「再說，大家早晚是一家人……試試這件。」

還真是不把我當外人啊，我感嘆著，拿著這件裙子進了試衣間，出來之後走到他身邊，對著鏡子看。

不得不說宋若谷的品味確實不錯，大概學過畫畫的人眼光就是精準吧。此時我身上的是一條棉質拼接連身裙，上身純白色，圓領短袖，簡潔大方，下身的裙子也是白底，上面印著淺藍色的水紋，其中點綴著小魚形狀的圖案，形狀簡單，卻可愛得很。裙邊在膝蓋上方一寸，不長不短。整條裙子造型簡潔，剪裁精緻，穿在身上時透出一股青春活力，讓人看了之後心情都會跟著不由自主地上揚。

我在鏡子前轉了兩圈，宋若谷滿意地點點頭，「還不錯。」

「好看是好看，」我有點猶豫，「可是會不會，嗯，不夠……莊重？」不需要穿晚禮服什麼的嗎？

宋若谷笑道，「沒必要。這只是一個普通的聚會，妳不用緊張。」他說著，又取了一雙鞋遞給我。

那是一雙圓頭高跟鞋，跟的高度大概五六公分，並不誇張，鞋的整體是白色的，鞋面上綴著幾片形狀不規則的水藍色玻璃，拼成蝴蝶結的形狀。

「這個太幼稚了吧？」感覺好像高中生的鞋，還蝴蝶結！

「不會，配妳的裙子剛剛好。」他見我不接，硬把我拉到椅子上坐下，然後蹲下身做了個偶像劇裡俗爛的動作——幫我換鞋！

我整個人都快燒起來了，緊張得手都不知道要怎麼放，「我我我我自己來！」

他抬起頭對我淡淡一笑，笑容溫暖如三月春光。我還沒什麼反應，旁邊的店員先看不下去，摀著胸口兩眼冒星星，「好甜蜜，好溫馨，好浪漫！」

「……」趕緊結束吧少年，我還是不太習慣在公共場合曬恩愛。

宋若谷沒有聽到我內心的呼喚，他慢吞吞地幫我換了鞋子，卻依然沒有起身。

「宋若谷？」

「……」他盯著我的小腿，低頭不語。那目光彷彿帶了火星，灼得我腿上肌膚一片火熱。

「咳咳。」看來這小子又中邪了，不過對於他時不時犯傻這種事情，我經歷得多了，也就習慣了。

他握著我的腳踝，將我的左腿抬起，然後突然低下頭，在我的腿上印下一吻。

從我這個角度向下看，只能看到他半張臉，濃密睫毛的掩映下，他的表情虔誠無比，彷彿在對待某種信仰，讓人……怦然心動。

小店員已經瘋了，捂著胸口滿地亂竄，「啊啊啊，怎麼辦！放閃什麼的最討厭了！羨慕嫉妒恨！你們這群無恥的人類！放開那個女孩！」

「……」

「……」

幸虧這裡人少，所以也沒嚇到別的顧客。

從購物中心出來，宋若谷顯得有些心事重重，似乎有話要對我說，卻每每欲言又止。

「怎麼了？」我問道。

他突然擁住我，手臂收緊，下巴在我的頸窩輕輕磨蹭，悶聲說道：「紀然，妳什麼時候才能當我的模特兒？」

我不明白他怎麼突然問起這個，眨著眼睛想了半天，在把「做模特兒」與「不穿衣服」畫上等號之後，我終於有點明白，他這好像是在含蓄地求歡？

咳咳咳，哈哈哈哈哈……

◇

在宋若谷的蹂躪之下，我終於還是穿上那雙幼稚的鞋，雖然圍觀群眾紛紛表示這雙鞋子配那件裙子的效果出奇地好，但這無改於它幼稚的本質……哼。

為了配合我的穿著，宋若谷選了一件白色繡著淺藍色小花紋的襯衫，兩人站在一起，還真有那麼點金童玉女的意思。

派對在一處花園別墅舉行，就規模來看，並不像是宋若谷口中「平常的聚會」。我身上一點成熟穩重的氣質也沒有，穿莊重的禮服反倒不搭，倒不如扮一下青春靚麗。看來宋若谷很了解我啊。

所謂怕什麼來什麼，宋若谷的爺爺還真的來了……

那是一個精神矍鑠的老人，他以「視察小一輩們的精神狀態」的姿態亮相，遛達了一圈，最後目光停在我身上。

我心虛地一縮脖子，過去叫了聲「爺爺」。宋若谷捏了捏我的手心，以示安慰。

話說，這位老人的精神力太強了，那目光很有壓迫感，我有一種無所遁形的感覺。

聽到我叫「爺爺」後，他點頭「嗯」了一聲，坐下和我聊了幾句。基本上是他問我答，過了一會兒，他神色緩和了一些，站起身，「有空去家裡吃頓飯吧。」

從始至終沒有表達對我的不滿，或者對秦雪薇的讚賞，還順便給了我一張吃飯資格證，這算是一種認可吧？

我鬆了口氣。

臨走的時候，這位爺爺還送了我一件禮物，然後宋若谷就告訴了我一個祕密：曾經斷言我是絕世旺夫臉的那個神棍，最近經常和他爺爺一起下棋聊天。

我哭笑不得。

這裡有不少熟面孔，什麼秦雪薇及其閨密粉絲團啦，老六及其狐朋狗友啦，看到我和宋若谷在一起，各自表情不一。曾經被我狠揍一頓的那位大小姊也在，從她的眼神中，我可以感受到她那種很想教訓我一頓，卻又不敢上前的糾結，因此泰然自若地朝她笑了笑。

宋若谷大張旗鼓地把我拉來這裡和我出雙入對，那意思很明確，所以某些人如果再想找我麻煩，也要先秤秤自己的斤兩。

我無恥地想，有人罩的感覺真是太好了。

當然，這裡的人宋若谷幾乎都認識，個個跑來和他聊天，我也不好意思纏著他，乾脆自己坐在角落裡吃東西，順便欣賞俊男美女。

老六坐過來，遞給我一杯果汁，笑道，「紀然，好久不見。」

「唔。」我不想和他太親近，也不好給他臉色，畢竟他是宋若谷的朋友。

「紀然，我祝福你們！」他的表情真誠無比，舉起手中的酒。

「謝謝。」我用果汁和他乾了杯後，喝了兩口。

然後，我整個人都不好了……

具體感覺就是頭暈，視線模糊，渾身發熱，肚子裡還有一種噁心到想吐的感覺。

老六臉色一變，「紀然，妳怎麼了？」

我搖了搖頭，扶著腦袋喘氣。

「要不然，我扶妳上去休息一下？」

「不用。」

嘴上說著不用，可是當他真的把我扶起來時，我又沒有掙扎，四肢像完全不聽使喚，被他扶著上了樓。

頭越來越沉，我今天只喝了幾口酒，不至於醉成這樣。

一定是哪裡不對勁。

紀然，醒醒……

老六把我帶進一個房間，陽光打在白色的窗簾上，有些刺眼。

紀然，醒醒！

我把手抬到嘴邊，用力一咬，痛啊啊啊啊！！！

耳邊有老六急切的呼叫，「紀然，妳別這樣！」

雖然痛，但到底清醒了一些，我推開他，跑進洗手間，壓著舌根，對著馬桶狂吐，吐完又一翻身跳進旁邊的浴缸，浴缸中的水冰涼，激得我完全清醒了。

我抹了把臉，怒瞪著洗手間門口的老六。竟然敢給我下藥，簡直活膩了！

老六意識到不妙，轉身就跑。我追上去，撲倒。我的力氣雖然不如他，但用巧勁把他手臂弄脫臼也還算容易。

老六痛得臉都歪了，「紀然紀然妳聽我說，妳的藥不是我下的，我冤枉啊！」

「還說不是你？你怎麼知道我被下藥？」

「我我我我……真的不是我，這就是個誤會！妳聽我解釋！」

傻子才要聽你解釋！我在他身上翻了一下，翻出他的鑰匙串，上面有把小巧的瑞士軍刀。這人喜歡刀，他曾經跟我炫耀過這一把。

我打開折疊刀片，在他面前比劃著，刀片觸碰到他臉上的肌膚，嚇得他直打顫，「別別別別這樣！求妳別毀我容啊，我長得還是滿帥的！」

「好啊，那你說，我該切哪裡？你自己選。」

他想了一下，小心翼翼地問，「闌尾？」

「……」我的手向下移，刀刃最終停在他的胯間。

「不要啊啊啊！！！」老六瘋狂地向後挪，躲避著刀刃。

「不要亂動喔，」我冷笑，威脅他，「刀劍無眼。」

他果然不動了，躺在地上急喘，臉色通紅，滿頭是汗，也不知是太痛還是嚇出來的，「紀然啊我錯了，我真的錯了，我再也不敢了，妳大人有大量，饒了我這一回吧。」

「不好意思，我是小人，小心眼的人，」我笑道，刀刃抖了一下，「老六啊，你說你長了這個玩意兒會殘害多少好女孩，這也算是大規模殺傷性武器了吧。為了世界和平，我今天就勉為其難地把它銷毀了吧。」

「不要不要，千萬別這樣！這種玩笑不能亂開啊！妳先把刀放下好嗎？妳想怎樣都行！」

「我只希望你以後少招惹我，這是最後一次。再有下次，我一定想辦法給你做個絕育手術。你放心，我刀法很好的，解剖課成績九十二分。」

「不敢了不敢了，絕對不會有下次了！」

我把小刀往旁邊一丟，踉蹌地離開房間。剛才雖然吐了藥，發了威，但體力透支，我離開時兩腿發軟，出門之後乾脆坐在地上。

除了渾身無力，我的身上還冒著熱氣，那股燥熱從身體內部產生，流向四肢百骸，在全身蒸出一身細汗，額頭血管也突突地跳動，很不舒服。

我大力喘著，打電話給宋若谷。

『喂，紀然，妳在哪裡？』

「宋若谷，我覺得很不舒服。」

『妳怎麼了？妳在哪裡？』宋若谷的聲音中透著焦急。

我的鼻子酸酸的，「我在樓上，六二〇八房間門口，你快來。」

我剛掛電話沒喘幾口氣，宋若谷就趕來了，因為劇烈的跑動，他的呼吸有些不穩。一看到地上的我，他的臉頓時黑沉如盛夏的積雨雲，眼中幾乎噴出火來。

我知道我現在的樣子一定很糟糕，光著腳，渾身都是濕的，裙子被浸濕之後呈半透明的狀態貼在身上，手上還有傷口……我無力地向宋若谷笑了笑，「你來了。」

他彎腰把我抱起來，臉上的怒意化為心疼，「怎麼回事？」我趴在他胸口，終於全身放鬆。他的懷抱比平常還要溫暖一些，我吐出一口氣，「我沒事。」

他把我送到醫院，經過檢查，我吃下的不僅有催眠藥，竟然還有催情藥……不過我吃了之後也沒像電視上演的那麼神奇，除了渾身發熱、流了一身汗，也沒有見到人就撲倒的衝動，催情的效果不明顯，催汗的效果倒是很明顯。

當然，也可能是因為我自己及時催吐過，所以藥力減退。其實我被送到醫院時也已經沒什麼大礙了，只不過剛才那麼激動後，現在四肢疲軟。醫生囑咐了幾句便走了，過了一會兒，一位護理師跑過來告訴我們，因為床位不夠，所以我最好今天就出院。

把嘮嘮叨叨的護理師送走之後，宋若谷臉色又沉下來，他溫柔地摸摸我的額頭，皺眉問我：「到底是誰幹的？」

其實我也在猶豫要不要把事情原原本本地告訴宋若谷，畢竟老六和他是朋友，我為他考慮，也不希望他和他的朋友鬧太僵。而且，我已經教訓過老六，讓他吃了苦頭，看樣子他以後也不敢搭理我了，那麼這一頁是不是也該翻過去了？

正猶豫時，老六倒是先招了，他大概已經被人救出去了，第一時間就打電話給宋若谷，在電話中撕心裂肺地哭訴自己有多麼後悔、多麼愧疚、多麼痛苦以及……多麼冤枉。

也就是說，直到現在，他還在否認藥是他下的。

宋若谷開了擴音，所以他的話我也全聽見了。但是我聽著聽著就覺得奇怪了，為什麼他的每一句話都講兩次呢，效果堪比二重奏，那感覺，就像是說話者自帶了回音系統。

「你手機壞了？」我問宋若谷。

顯然他也很驚奇，拿起手機看了看，關掉擴音。手機是無聲了，病房外面卻傳來嚎叫：「谷子，看在我小時候為你擋槍的份兒上，你就原諒我這一回吧！」

……原來人家就在門外呢。

我一瞬間就驚悚了，「他幫你擋槍？你們倆不會是從戰爭年代穿越過來的吧？」

「玩具手槍。」宋若谷捏捏太陽穴，拉開病房的門，外面傳來護理師的喝斥聲：「這裡是醫院，不要大聲喧嘩！」

「不敢了不敢了，」老六討好地賠笑，目送走護理師，還本性不改，「小姐妳真漂亮！」他說著，一下子看到宋若谷，「谷子，你怎麼會在這裡？」

宋若谷語氣中透著一股陰冷，「這句話應該由我來問，你在這裡做什麼？」

老六謹慎地往病房裡望。他肩上綁著繃帶，兩隻手臂都不能動，遠看像個雕壞的雕塑品，看起來很搞笑；身後跟著兩個朋友，像保鏢一樣，看到他往我這邊望，也跟著探頭探腦。

「你得問她！」老六悲憤地看著我，因為手不能動，所以只能用目光控訴。

我笑呵呵地看著他。

宋若谷把老六及跟班放進來，「在我揍你之前，你先跟紀然道歉。」

「我已經道過歉了，不信你問她，」老六委屈地看看宋若谷又看看我，「而且，你知不知道她對我做了什麼！」

宋若谷捏了捏拳頭，「不知道，但我知道你對她做了什麼。」

「誤誤誤誤會！這真的是個誤會！」老六嗖地一下躲到他朋友身後，「是他，全是他！」

他那朋友上前一步，賠笑道，「是真的，谷子，這件事其實是個烏龍。藥是我帶來的，也不是給紀然吃的。我其實……」

他其實看上了某個對他愛理不理的女人，久攻不克之後，只好用這種下流的手段對付她，結果藥剛下好，那杯果汁就被毫不知情的老六端走了……這小子講這話時面不改色心不跳，一點也沒有愧疚的意思，彷彿對人下藥是合理合法追求愛情的手段。如此神奇的世界觀，實在讓我這種沒見過世面的人嘆為觀止。

可是，即便他說的是真的，也無改於老六趁機占我便宜的事實。他大概是後來發現我中招，雖然不明所以了，卻打算順手摸魚。

因此，雖然哥兒們來幫忙解釋了，老六也不能真的理直氣壯，撂下一句「紀然妳保重，我之後再來看妳」就跑了。

他們走後，我看著宋若谷，心想，有這麼一群毫無節操的朋友，這人只是長歪那麼一點點，還真是不容易，可喜可賀，可喜可賀。

宋若谷坐在病床上，將我緊緊摟在懷中，輕輕撫著我的頭髮，語氣充滿歉疚，「紀然，對不起。」

「咦，你幹嘛道歉？」

「我……沒有保護好妳。」

我抬頭，在他下巴上輕吻，「防得住君子，防不住小人，這次只是個意外，你不用自責。而且，你對我已經夠好了，好得我現在除了你，根本看不上別人。」

他手臂一緊，「我不允許妳眼中有別人。」

「知道知道，」我磨蹭著他的頸窩，笑道，「再說了，你看我像弱不禁風的小花嗎？我自己可以照顧好自己的，這次不也把他修理了一頓？你想不想知道我到底對他做了什麼？」

然後我就把某些細節原原本本，一絲不漏地跟宋若谷說了。他聽得又是心疼又是好笑，不停地吻我，「紀然，我越來越喜歡妳了怎麼辦？」

「沒事，我也很喜歡我自己。」

◇

雖然宋若谷對老六說過「在我揍你之前，跟紀然道歉」，但他又沒有說老六跟我道歉之後他就不揍他了，所以……他還是把老六揍了一頓。

而且他下手頗狠，當時老六的傷都還沒完全好，又添新傷，再次進了醫院。

第二次出院之後，這事也不知道怎麼會傳到老六他爸耳朵裡，這位向來嚴於律己又嚴以待人的軍人父親二話不說，抄著皮帶追著兒子打，因此出院未滿三天的老六第三次入院。

短短兩個月連續三次因傷入院，而且一次比一次重，醫院裡的醫生、護理師都快跟老六混熟了，幾個八卦的護理師紛紛跟老六打聽「你們黑社會打手的福利是不是很好啊？」，老六哭笑不得。

我再次看到老六時，是他傷好出院後的一次聚會，他和他那位下錯藥的朋友一起揪了個飯局，想對宋若谷和我正式道歉。當然，這種欺負朋友女朋友的事情實在也不好意思拿到檯面上來說，所以各自心照不宣。

老六雖然傷好了，卻很明顯瘦了一圈，看到我時就像老鼠見到貓一樣，我心情大好，也就原諒他了。

但是宋若谷席間一本正經地告訴他，「我現在還把你當朋友，但這件事情不可能就這樣放過。我會記住的，以後你但凡再動點什麼不該有的心思，我們就當不認識。」

老六賠笑應著。過了一會兒，他把宋若谷拉出去，一看就是有悄悄話要說。

我直覺他們交談的內容很可能與我有關，所以……就無恥地跑去偷聽了……

「谷子，我跟你說實話吧，我確實很喜歡紀然，就是那種……反正和喜歡別的女孩子不一樣，我頭一次有這樣的感覺。」

「老六。」宋若谷的聲音充滿濃濃的警告意味。

「你等等，我還沒說完呢……紀然是個滿有魅力的女孩子，有別人喜歡她很正常，你不用這樣吧？你聽我說，其實我之前完全沒預料到你會那麼喜歡她，以為你們在一起只是那麼一回事，所以才做錯了一些事。」

「我很認真。」

「我現在看出來了。你看吧，我這個人滿花的，總是管不住自己的下半身，紀然和我那些個前女友都不太一樣，她……很乾淨，而且不做作。怎麼說呢，總之，我配不上她。」

我心想，你當然配不上我，你禍害過那麼多女孩，下輩子一定會轉生成一隻母蟑螂，而我就會是那舉著拖鞋、狠拍蟑螂的女俠，你怎麼可能配得上我。

老六嘆了口氣，「所以說，只有你和她才是相配的。你們在一起，一定要好好的。」

「不勞你惦記，一定會的。」

「放心吧，我真的不會和你搶她了。」

「你也搶不走，」宋若谷頓了頓，又補了一句，「誰也不能把她搶走。」

老六笑道，「那如果她喜歡上別人了呢……別別別，我就是開個玩笑。」

我不再偷聽，躡手躡腳地回去，心想，宋若谷怎麼會沒想到這一點呢，所以他才用柔情困住我，讓我再也離不開他。

第二十章

下錯藥事件徹底畫上句點之後，我被邀請去宋若谷家，和他們一家人吃了飯。他的爺爺、爸爸、媽媽、叔叔、嬸嬸都在，據說他的姑姑和舅舅也想來，但是他媽媽覺得我第一次去他們家，就被這麼多人圍觀很可能會不自在，所以拒絕了。

好體貼的媽媽，啊不，阿姨啊。

這是我第一次見宋若谷的爸爸。之前聽說他是國家幹部，我以為他會像宋若谷的爺爺一樣威嚴有壓迫感，但今天一見面才發現，只是一個很隨和的叔叔，臉上總是掛著淡淡的笑意，讓人看到之後就感覺精神放鬆，不那麼緊張了。好吧，雖然阿姨說他其實是笑面虎……

宋若谷的叔叔嬸嬸一起經營一家公司。事實上他媽媽應該也算是從商的，因為她自己創立了一個獨立的珠寶品牌，還送了我一套珠寶。用她自己的話說就是，做這個公司就「好像在玩」，好吧，反正像我這種對奢侈品的了解只有半顆星的草民，是完全不懂的。

今天宋爺爺看我的眼神慈祥了不少。據宋若谷私下跟我說，爺爺是軍隊的退休幹部，年輕時參加過越戰，為人剛直，脾氣有點倔，但心地很好。他和秦雪薇的爺爺是戰友，生死之交，當年兩人之間沒結成親家，讓他感到十分遺憾。所以宋若谷和秦雪薇都還在娘胎的時候，他就和老戰友約好，若是將來生出來的孩子是一男一女，就一定要讓兩個孩子結成雙。然後這兩個孩子長得越來越像一對神仙下凡，他就更滿意了，在宋若谷很小的時候就對他灌輸秦雪薇就是他老婆的觀念……

我突然有些慶幸那個神棍說了那些胡言亂語。

不過後來有一次，宋爺爺單獨和我聊了一會兒，我才發現我的想法有多麼狹隘。

「妳不要以為我不反對妳和小谷的事，是因為相信妳能旺夫。我活了這幾十年，也看透了，兩個人適合不適合，最要緊的是看脾氣合不合得來。小谷性情古怪，雪薇這孩子也難哄得很，他們兩個要是真的結了婚，只怕會天天吵架。妳不一樣，小谷和妳沒吵過架，你們兩個在一起之後，他也愛笑了。」他說。

我把這話轉述給宋若谷之後，他用一句話做總結：「總之，妳和我是天造地設的一對。」

我無比得意，一轉頭就把這話說給我媽聽，但是我媽對此提出質疑。她竟然在電話中苦口婆心地勸我要慎重考慮，最後還含蓄地要求我和宋若谷分手。因為她這麼多年都沒含蓄過，所以儘管這次說得遮遮掩掩，但我一下就聽懂了。

「為什麼，妳不是說我配不上他嗎？怎麼這麼快就嫌棄他了？」我配不上宋若谷這確實是我媽親口說的，當時我還一度懷疑我到底是不是她親生。

『不用懷疑，我現在也認為妳配不上他。』

「……」我一定不是她親生的。

『但是，當初我只知道這孩子長得帥氣，性格好，成績好，能力也強，所以滿喜歡他，也就沒反對你們。』

「現在妳不喜歡他了？」我很疑惑，宋若谷從來沒見過我媽，他要怎麼做才能得罪到她？

『不是，但是妳當初沒告訴過我他具體的家庭情況。』我媽嘆了口氣。

「我當初也不知道啊。」

『所以我們現在都知道了。然然，妳還不明白嗎？這樣的人家我們高攀不起。』

「可是，可是……」

『妳現在和他在一起可能會覺得很幸福，可是妳有沒有想過將來？他想變心，甚至都不需要動手指頭，有的是女孩子往他身上撲。』

「可是……」

『妳自己好好想一想，不用急著回答我。』

◇

人都是不知足的動物。

比如，裝人格分裂那陣子，我想，如果我能正大光明地抱一抱宋若谷就好了。

現在，我們在一起了，我又想，如果我們能夠永遠在一起就好了。

其實關於「是否能夠守住宋若谷」這個問題，我在接近他之前就曾苦惱過，後來我們倆天天卿卿我我的，我就把這種危機感拋下了，現在我媽這麼一說，我才發現，這種威脅其實從來沒有消失過，只不過我刻意不去想而已。

一個腰纏萬貫的富翁，總是會擔心自己被打劫。而當妳有一個非常喜歡的男朋友，就難免會擔心失去他。宋若谷又不是只有我喜歡，他簡直讓太多女孩喜歡了，外表、能力、家世這些條件就不說了，單說他談戀愛時那種能把人醉死的溫柔，就沒幾個人能抵抗得了。

資源是有限的，欲望是無限的。在可預見的將來，我將會收穫越來越多的情敵。她們一個個虎視眈眈，花招不斷，無所不用其極地要把宋若谷從我身邊搶走！

也就是說，宋若谷會一遍又一遍地面臨著各種誘惑。男人面對勾引時的抵抗力本來就比較薄弱，更何況是一而再再而三的考驗。即便每一次成功的概率都不高，但一旦基數過大時，就難免會出現一兩個成功案例了。

這個想法讓我寢食不安，輾轉反側。怎麼辦怎麼辦怎麼辦，難道宋若谷注定會捨我而去嗎？

當我被這種無法擺脫的魔咒折磨到快要發瘋時，我正好親眼目睹一場宋若谷遇到的表白。那是一個陽光明媚的下午，我和他一起在籃球場打球，他教我過人。可是每當我按照他教的方法，拍著籃球要繞過他時，他就會突然站起身，張著雙臂準確地往我的預定路線上一擋，於是我就這麼撞進他懷裡，換來他一陣奸笑，很像是古時候不務正業，專門調戲良家婦女的惡霸。

這小子玩得不亦樂乎時，一個小學妹突然出現了。

小學妹走可愛路線，長得粉粉嫩嫩的，五官很水靈，穿一身白色泡泡袖、印有卡通圖案的公主裙，就差往腦袋上戴兩個兔子耳朵了。

這身打扮在T大饑渴的宅男眼中屬於通殺型，所以一路上注意她的人不少。

而且，她懷中還抱著一大束鮮豔欲滴的玫瑰，十分惹眼。

一開始，我以為小女生是被人表白路過此地，所以也就多看了兩眼，沒想到她興沖沖地朝我們這邊跑來。我腦中警報立刻拉響。

果然，這女孩把那一大束玫瑰花塞到宋若谷面前，「宋學長，我喜歡你很久了！」

「……」

「……」

妳既然喜歡他很久了，就應該知道他女朋友近在眼前吧……

宋若谷對這種場面駕輕就熟，「不好意思，我已經有女朋友了，」他攬著我的肩膀，「我很愛她。」

「我知道。」她低著頭，捧著花的手卻沒有收回來。

妳當然知道！我眼中冒著火，瞪她。

「不過我不介意！」她抬起頭，朝宋若谷甜甜一笑。

「……」我果然還是太年輕了，頭一次見識到這麼新鮮的世界觀。

宋若谷依然很淡定，「可是我介意，我很介意。」

「喔，」她失望地看看我又看看宋若谷，最後一咬牙，「那學長你可不可以先收下這束花？周圍都在看我們，能不能別讓我丟臉？」一邊說著，一邊露出泫然欲泣的表情。

籃球場確實很多人，現在也不打球了，紛紛朝我們這裡看。這學妹真是打得一手好算盤，宋若谷要是在眾目睽睽之下接受她的花，而且是當著我的面，那我成什麼了！

實在忍無可忍，我想也不想地直接搶過她的花，扔在地上就是一陣狂踩。

她大概沒見識過我這種彪悍的，也許是見識過但依然要假裝沒見識過，總之她目瞪口呆地看著我，久久說不出話來。最後，她求助地看向宋若谷。

「別踩了。」宋若谷說。

我聽到他這句話，心裡就竄起一團火，哼，果然心疼了？我就知道，男人都吃這一套！

我想也不想，轉身就跑。

宋若谷跟在後面追，一邊追一邊大叫「紀然」。好吧，這下子全世界的人都知道我們倆吵架了。

但即便我再氣急敗壞，也沒有宋若谷跑得快。所以剛跑出籃球場，我就被他逮到了。他不顧一切地從身後抱住我，手臂收緊，讓我動彈不得。

「放開我，一身臭汗！」我掙扎。現在已經五月份，我們倆剛剛又打了半天球，這樣抱在一起真的很熱。更重要的是，這是在路邊啊，這樣拉拉扯扯多不好。

他放開我，改為拉著我的手，笑道：「怎麼二話不說就跑了？」

「不跑做什麼，看你憐香惜玉嗎？」

他一愣，隨即笑起來，笑得眉飛色舞，「吃醋了？」

我掙脫他的手，轉身就要走。他再次拉住我，然後湊近一些，低笑道，「看到妳吃醋，我很高興。」

「……」太欠扁了。

「這說明妳在乎我，紀然。」他摸著我的臉，動容道。

我撇開臉，不說話。

他一樂，解釋道：「不過妳剛才誤會了，我想說的是，別踩了，我們繼續打球。」

「是真的，妳不要覺得我看不出她在玩什麼花樣——我什麼樣的表白沒見過。」

這話說得實在得意，但也是句實話。我面色稍緩，平心靜氣地想一想，也覺得自己剛才反應過度了。都要怪我這幾天想某些事情想得有點走火入魔了，可是事實又擺在眼前：宋若谷實在太引人注目，色狼們當著我的面就敢這樣，單獨面對宋若谷時那還了得！

問題又轉到這一點，我真是頭痛。

宋若谷見我臉色不好，以為我不信，繼續解釋，一邊解釋一邊道歉。其實這件事不能怪宋若谷，他家教好，不願對女孩子疾言厲色，可有些人糾纏的本事是黑帶級別的。

我擺擺手，說道：「我信我信。我就是擔心，喜歡你的人太多了，防不勝防啊！」

這句話讓他龍顏大悅，按著我的腦袋拚命揉，揉完之後就帶我覓食去了。我們倆誰也沒想起籃球還在球場這回事。等到吃完飯回來，那位送玫瑰花的學妹已經抱著籃球在他宿舍樓下等他，不出意外地又吸引了一票人的目光。我都知道她的劇本是怎麼編的，親自送籃球給宋若谷——宋若谷道謝——請客吃飯——進一步交流感情……

當然，我沒有看到這一幕，但宋若谷主動打電話給我交待了。我在電話裡似笑非笑地問他打算怎麼辦，他想了想，把這件事和他寢室的哥兒們說了，那哥兒們每天起床的第一句話就是「我要一個漂亮的女朋友」。

於是那位兄弟自告奮勇地接待了小學妹，直接承認籃球是他的，然後道謝請客交流感情……總體來說劇本準確無誤，只是演員有些許偏差。

不過我想，再這樣下去治標不治本，堵不如疏，與其盯著宋若谷那些狂熱的追求者，倒不如提升一下自己的魅力，也能多一些競爭力。

那要怎麼提升魅力呢？

「不然妳去整型吧。」史路說。

懶得理他。我對著鏡子仔細照，評估了一下我這長相的優缺點，最後得出一個結論：我還是可以搶救一下的。

本來嘛，除非那種天生長得無可挑剔的，大多數人都是三分靠長相，七分靠化妝。我是典型的鴨蛋臉，五官沒有大缺點，眼睛和鼻子也算出眾，現在要做的是護理一下皮膚，修一修眉形，化妝時把嘴唇畫得豐滿一些，再弄個性感一點的髮型，然後穿一身漂亮衣服，完成！

辛苦了半個月，當我寢室的三個評委終於滿意地對我點頭後，我以最終的面貌去見宋若谷時，這小子第一反應是發愣。

效果不錯。我摸著下巴，朝他拋了個媚眼，「我美嗎？」

他傻傻地點點頭，抱著我，「妳一直都很美。」

哼，越來越會說甜言蜜語了。

我們倆牽手走在校園裡，走了一會兒，他又不高興了，「紀然，以後不要穿成這樣了。」

「為什麼？」剛才不是還說好看嗎？

「許多男生在看妳，我會吃醋。」

「……」我以為我就是個醋罈子了，結果人家是工業醋酸。

就這樣，打造魅力紀然的計畫只成功了一半。不過所謂魅力，也不能單單只有外表漂亮，那樣太狹隘了，如果我想要配得上宋若谷，那就一定要使自己更強大，更有能力。

於是近朱者赤，我也慢慢地開始往資優生靠攏了。不僅如此，我還在考慮另外一件事。

要不然，我出國留個學？

T大雖然在國內相當有地位，但和國際一流大學相比還是有那麼一點差距，科研能力就差得更遠。在生物技術這一領域，美國不少大學都有不錯的實力。我大二時陪史路考過托福，成績還不錯，如果再把GRE好好考一考，想在美國申請個排名靠前面的學校，希望還是很大的。

其實剛上大學時，出國於我來說是可有可無的事情，但現在不同了，我也是時候該仔細思考自己的未來了，喔不，是仔細思考我和宋若谷的未來了。

我希望我的未來一直有他，或者說，我能夠活在他的未來裡。

我是個胸無大志的人，由於我爸媽幫我存了一點小錢，所以未來也不會有太大的經濟壓力。當然這並不意味著我打算啃老，我只是慶幸於自己不必過多地為錢而奔波。我想從事輕鬆自在些的工作，而且我很喜歡學校的氛圍。

綜上，我打算讀個博士，然後為教育事業奉獻終身。

更重要的是，這個職業的社會地位相對較高，當個大學老師，和宋若谷站在一起時也會更登對吧。考慮到這些年研究生學歷的貶值速度，能夠出國弄個名校海外學歷，可能也會更有身價一些。

這個想法唯一的不足之處是，我要和宋若谷暫時分開好幾年——他說他不會出國，更不會讀研究所。他要創業，主修學歷就夠用。

因此我也正在猶豫，但不管怎樣，先把GRE考好再說。

所以整個大三的暑假，我都在複習GRE，還報了補習班，在不被任何人鞭策的情況下，老老實實地讀書。我媽以為我開竅了，要拋棄宋若谷，她又是欣慰又是心疼，我也不想和她解釋。

我本來打算真正做好決定再告訴宋若谷，但沒想到他提前知道了。他暑假跑去參加一個大型機械融資項目的實習，由那個項目的負責人親自帶他，也不知道這東西跟數學有什麼關係。總之他回來的時候，皮膚被曬成小麥色，倒顯得五官深刻，很有味道。

他發現我考GRE，是因為他室友竟然和我在同考場，雖然我都已經叮囑過他室友不要告訴宋若谷，因為我還沒想好，但結果是他一轉頭就說了。

宋若谷很生氣，「妳想出國？」

我點頭，「確實正在考慮。」

「紀然，」他的臉色變得很難看，目光冰涼，「妳到底有沒有認真對待我們的感情！」

「我……」

他突然湊近，直直地盯著我的眼睛，眼神失望中透著一股悲傷，「妳不會自始至終都只是想和我玩玩吧？」說完不再看我，轉身離開。

我有些摸不著頭腦，這到底怎麼回事？

等等……他不會也以為我出國就會和他分手吧？蒼天啊，要不是為了他，我也不一定會跑到太平洋的對面去讀書啊，在T大老老實實讀個博士，也是很有主場優勢的！

雖然哭笑不得，我還是主動追上去和宋若谷解釋。畢竟他生氣也是因為怕失去我吧。

然而當我追上去時，還未說話，他卻先開口了。他緊緊抱著我，臉埋在我肩頭，「對不起，紀然，我不該對妳發脾氣。」

「啊，沒事沒事。我……我不是和你玩玩的，我是認真的。」

「認真到想出國？」他語氣又轉冷。

「你聽我說，」我主動抱著他，還在他懷裡磨蹭，「宋若谷，你說實話，你不覺得我們兩個……差距有點大嗎？」

他放開我，危險地瞇著眼睛，「妳這是聽誰說的？那人也太多管閒事了吧？」

「我媽。」

「……」

這還真不算多管閒事。他有點退縮，低聲問道：「那麼妳是怎麼想的？妳很在乎這些？」

「一開始也不在乎，但後來就想得有點多。」

「所以？」他的手陡然收緊，抱得我有點痛。

「不過沒有任何事情能夠讓我離開你，」一見他似乎又要想歪，我急忙安慰他，「我就是想變得更優秀一些，這樣站在你身邊時也更有架勢嘛。」

「……」

「你看，你都有女朋友了，還有那麼多人想方設法地想勾引你，長此以往下去……我沒有安全感嘛……」

「……」

「宋若谷？」

這小子又不知道中了什麼邪，眸光精亮，直勾勾地盯著我的臉，氣息不穩。我也習慣了他這樣，因此淡定地舉著手在他面前晃，「嘿！帥哥，回魂了！」

他拉開我的手，又猛地將我拉入懷中，鋪天蓋地的吻就這麼砸下來。

又來！光天化日之下，還是在體育場門口，要不要這麼饑渴啊……

我嚇得連忙奮力掙扎。可惜這小子要是來真的，我也實在不是他的對手，因此最終也只是徒勞。我被親得呼吸困難、渾身無力，他才心滿意足地放開我。

他捧著我的臉，額頭抵著我的額頭，睜著眼睛和我對視。因為離得太近，我並不能看得太真切，加上剛才大腦缺氧，所以頭暈目眩，有種……很夢幻的感覺。

「紀然，」他說，「妳能為我們的將來考慮，我很高興。」

看出來了。我舔了舔嘴唇，那裡剛才被他弄得有點痛。

他眼神一暗，「先別勾引我，現在我要說正事。」

「……」

「不管怎麼樣，出國都不是一個好選擇。我們要分開好幾年，妳就不怕我跟別人跑了？」

「……」就是因為怕這一點，所以我正在猶豫啊。

「就算妳不怕，我還怕呢。我好不容易把妳追到手，所以不能冒這個險。」

「……」你多慮了。

「而且，我大概會想妳想到發瘋。」

……我也是啊。

「所以，」他捏了捏我的臉，「我不答應妳出國。妳就給我老老實實地在國內，不，在B市待著。」

「唔，宋若谷，其實出國不出國只是表面問題，根本問題在於，我不知道我們會不會一直在一起，能不能永遠在一起。」

「紀然，我想和妳天長地久。」

「可是我總有一種力不從心的感覺，我……怕。」

「我也怕，怕突然有一天妳會離開我。越是在乎，越是患得患失。妳如此，我何嘗不是。」

「你怕什麼？你有那麼多追求者。」

「可她們都不是妳，」他揉著我的頭，「而且，惦記妳的人也不少。」

好惆悵。

「紀然，如果我現在對妳做出承諾，說我會一生對妳好，愛妳、護著妳，我們能夠永遠在一起，妳會信嗎？」

這是在說甜言蜜語嗎……

「就算妳信，我也不會說。」

「……」我果然是想太多了。

「未來充滿不確定性，人們對未來的預測只是基於現有的經驗，是有限的。所有的海誓山盟都是不可靠的，是對未來武斷的、不科學的預測。我不會做這種不可靠的事情。」

不愧是理科生，嚴謹又科學。可是你到底知不知道什麼叫做談戀愛！

「但我現在真的想對妳好，也希望妳的未來一直有我的陪伴。兩個人如果決定攜手走下去，會歷經許多困難和誘惑，妳我都要做好心理準備。先說好，不管發生什麼事，都不能把想法藏在心裡，要及時讓彼此知道。至於以後到底會發生什麼，那是以後的事，我們現在擔心也都是徒勢，所以不用患得患失。」

我恍然大悟，「我懂了。」

他有些欣慰，「懂什麼了？」

「為什麼T大的男生找不到女朋友……不光是因為男女比例太懸殊。」好好的海誓山盟直接被他掰成「對感情未來進行預測的可行性分析」，對於那些深陷愛河、智商為零、邏輯思維灰飛煙滅的女生，誰喜歡聽這個！

還好我很識貨，哼哼。

不過話說回來，某種程度上來講，不擅長甜言蜜語的理工科男生反而才是最可靠的。而且，宋若谷說的話確實很有道理。

未來還很長，未來還很精彩，我們需要做的不過是打點好心情，以全部的熱情去迎接未來對我們的考驗和獎勵。

至於其他的，Who cares！

啊，我是不是被宋若谷洗腦了……

總之，出國留學的的決議最終被我否決了。畢竟真的讓我們倆分開幾年，那其中的變數可能會更大，而且，正像宋若谷所說，我大概會想他想到瘋掉。

宋若谷後來又覺得這樣似乎對我不太公平，於是問道：「如果妳真的很想出國，我陪妳？」

「不用不用，你有自己明確的規劃，不能因為我擱淺。」他打算畢業之後創業，已經有具體的方向和思路，甚至連啟動資金都準備好了，正在規劃一些細節。

「事業可以晚幾年沒關係，老婆要是保不住，那是一輩子的事。」

「好啦你放心吧，我對留學沒執念。我現在哪裡也不去，我就在你身邊，行了吧。你以後賺大錢得分我一半。」

「好啊。」

本來只是一句玩笑話，沒想到他事業步上正軌之後，就開始研究把他名下的股份分我一半。那個公司他占了百分之八十的股份，分出一半來就是百分之四十。由於各方面原因，他那個公司的規模著實不小，所以百分之四十的股份市值十分驚悚，把我嚇得小心臟怦怦跳。我跟他扯了半年，甚至還想辦法色誘他，終於讓他答應把轉讓股份降為百分之二十。

好吧，雖然百分之二十也是很多錢，但基於我殺價的本事太一般，而對方又太難纏，所以這已經是最好的結果了。

除此之外，他還學會了別的——時不時地找那麼一兩件事吊我胃口，非要等我「色誘」他，他才答應。

我……

這都是後話，那時候我們已經結婚了。

◇

大四這一年說忙也忙，說清閒也清閒。雖然學業上並不忙，但宋若谷已經開始著手準備他的公司，每天忙得飯都沒時間吃。我已經被保送本校碩博連讀研究生，倒是閒得很，因此天天跑去他公司慰問他，送關懷送溫暖，扮演一個溫柔又賢慧的女朋友。

一開始他的公司很袖珍，只在學校附近的大樓裡租了間辦公室，雇了幾個人。另外一個合夥人幾乎不露面，業務也不多。由於還要上課和做畢業設計，他打算在畢業之前先預熱一下，隨便玩幾手，等到畢業之後再幹幾票大的——搞得好像是搶銀行、偷國寶的犯罪團隊。

他雇的那幾個人，業務能力我不清楚，但嘴巴倒是個個都很甜。我一過去，他們就開口閉口地叫我老闆娘，我走之後他們又會裝出一副羡慕嫉妒恨的表情對宋若谷說，老闆你好幸福，我們好嫉妒……演技一流。

宋若谷很吃這一套，乾脆地全都調漲薪水。我聽說之後很擔心，「你們這樣……真的能賺到錢嗎？」

他笑咪咪地跟我炫耀，「我這叫馭下有方。」

是啦，個個拍你馬屁的技能都是A+級的。

後來事實證明，我確實多慮了。你想，能面不改色拍老闆馬屁的，自然也能面不改色地拍別人馬屁，那口才和臉皮的厚度必然都是很強大的。只要道德不是太敗壞，這樣的人做起業務來還是很有一套的。宋若谷又不是找朋友，不需要對業務人員的性格人品有太高的要求，能賺錢又不背叛公司，足夠。

他知道什麼樣的事情需要什麼樣的人去做，這才是真正的領導力。比如後來公司的規模擴大了，他招聘技術人員，就偏好那些專業技能強、性格穩重的，太油嘴滑舌的一律提高警惕。

喔，對了，除了宋若谷，史路也有自己的事業。他本來也打算出國，但後來不了了之。在我們拿到創業大賽的冠軍之後，就陸續有遊戲代理商對他那個「未解之謎」的卡牌遊戲表示有興趣，陸陸續續聯繫了幾個，他最終敲定了一個比較可靠的代理平臺，又改了個更閃亮的名字，重新弄了個有質感的包裝，一邊賣實體卡牌一邊在網路上推廣，漸漸也做出了一些名氣。

人一旦忙起來，時間就過得飛快。轉眼之間，我們已經到了畢業的時候。宋若谷和史路都要離開學校了，而我，呵呵……

就在宋若谷作為優秀畢業生站在臺上發表畢業致詞時，我作為延期畢業的學生坐在後排拚命幫他鼓掌。

沒有穿學士服，沒有被校長親自戴學士帽，我是那極少數留級分子中的一員……

宋若谷一下臺，臉上的表情就繃不住了，即將撲向光明未來的大好學子形象蕩然無存，他黑著臉，目露凶光地走到我身邊坐下。

「我連登記結婚的日期都想好了，妳卻給我延畢。」他咬牙切齒道。

「嘿嘿，嘿嘿嘿嘿，」我陪笑著，「我……我也沒料到事情會這樣啊。」

所謂人生無常世事難料，這件事說來實在讓人哭笑不得。

年前，我把畢業設計的樣品放在實驗室的恒溫箱裡，然後就回家了，順手還帶上宋若谷。因為在我執迷不悟的堅持下，我媽終於鬆了口，打算先見見他。這傢伙在正常的時候還是很討人喜歡的，我媽和他接觸過幾次後，也就馬馬虎虎答應了我們的事，當然少不了一頓威脅，什麼「敢對不起然然，我一定不會放過你」之類的；我爸則是打溫情牌，「然然以後就交給你了」……

宋若谷在我家鄉待得很習慣，直到大年三十的前一天才回去。

所以這個寒假過得很開心。

然後我就回到學校。

再然後我就發現，恒溫箱的總電源被關掉了……

我那可憐的實驗樣品在北方寒冷的空氣中被凍得屍骨無存。

臨時改畢業設計已經來不及了，於是我只好延期。

再次感嘆，人生可真是無常啊。

除了有一種竹籃打水一場空的失落感，我自己倒也沒覺得多難過，反正我是要在這個學校多待個幾年。但是宋若谷就很不滿意了，他掰著手指頭倒數畢業日，從畢業那一天開始算，什麼時候求婚、什麼時候登記、什麼時候舉辦婚禮、去哪裡度蜜月，有時候想著想著，他就一個人在那裡呆呆地開始流鼻血……簡直像個智障。

可惜天算不如人算，學校一關電源，就把他的所有計畫都打亂了。所以他現在非常地、十分地、相當地，不滿。

我也不知道怎麼安慰他好，畢竟事實無法改變。於是我祭出撒嬌大法，他果然被驚得直抖雞皮疙瘩。

「妳要補償我。」他說。

「怎麼補償？不要說在這裡親你。」相處久了，他的變態想法我也能捕捉到一些了。

他思考了一下，「當然不能在這裡，這裡有多少人在看？」

我心想，你終於覺悟了。不過這語氣中淡淡的鄙夷是怎麼回事……

「紀然，妳還記不記得，我要懲罰妳？」他問。

「不記得。」怎麼可能不記得，不就是我把我們的定情物借給史路玩的那次嗎？不過我當然不能承認，而且這都什麼時候的事了，已經過了申訴期好嗎？

「沒關係，只要我記得就好，」他摸摸我的頭，笑得無比親切，「所以，現在是時候算總帳了。」

我不知道這變態的腦子裡到底在想什麼，但直覺不是什麼好事。

果然我的直覺是準確的。

宋若谷突然要參加一個綜藝節目。那個綜藝節目叫《非常來客》，每一期都會請一些比較特別的來賓一起聊天、玩遊戲什麼的，三個主持人也非常風趣。這是一個老牌娛樂頻道黃金時段的節目，收視率很高，我實在想不通宋若谷到底有什麼神通，他招一招手就能讓這麼大牌的節目組向他伸出橄欖枝。

後來我就明白了，他和這節目的孽緣還要從兩年前的雅安說起。

當時的宋若谷以「半工半讀」的名義在景區占了人家的玩具攤，被拍照之後上傳到網路上，幾天之內爆紅，當了一陣子網路紅人。後來又被神通廣大的鄉民們八卦出是T大的高材生，成績優秀、家教良好，還是學生會的，什麼獎都得了一大堆，緋聞女友一個又一個……總之自他爆紅了一次之後，又紅了第二次、第三次……關注他的人不僅沒有減少，反而漸漸地發揚光大，竟然還有了一個固定的粉絲團，叫什麼……「稻穀」？

稻穀……可以煮來吃嗎？

所謂「人怕出名豬怕肥」，宋若谷出名之後，不只一家媒體想要採訪他，他都推掉了，別人怎樣是別人的自由，但他不打算主動攪和進這些亂七八糟的事。

這些我是知道的，但我沒有想到，連大名鼎鼎的《非常來客》都會主動邀請他，他真的有那麼紅嗎？

不管怎麼說，他登上那個舞臺，攜帶著對我的懲罰。

帥哥、高智商、資優生、多才多藝，年紀輕輕自己創業、親切溫和有禮貌……所有這些因素把宋若谷打造成一個金光閃閃、迷倒萬千女性的優質男。那種只存在於傳說中的理想伴侶，這回她們總算見識到了……

優質帥哥的號召力是強大的。所以儘管宋若谷不是什麼超級大明星，但這集節目的收視率依然非常可觀，之後更是上了某影片網站的熱門搜尋榜。宋若谷的一顰一笑也被網友們製成臉部特寫或動圖，於是每次我逛論壇，看到有人的簽名檔是我自己的男朋友，我都有那麼一股淡淡的錯亂感……

先不說廢話了。那麼，這場綜藝節目到底和我有什麼直接的關係？呵呵……

那天的現場氣氛真的很好，雖然現場來賓不只一個，但宋若谷獲得最多的關注，臺下不少女生也時不時地為他尖叫，我就是這無數腦殘粉中的一員。不僅如此，我還要發揮另外一種角色的功能——瘋狂愛著宋若谷的女朋友！（這是那變態的原話）

主持人一共三個，兩男一女，問的話都很有技巧，時不時地套那麼一兩句八卦，宋若谷的回答更有技巧，他想回答就回答，不想回答的，你怎麼問他都不答。他們在臺上你來我往、聊得興起，一時談到宋若谷的感情問題。

這是無數人想要知道的。

女主持人問：「若谷有沒有女朋友？」

宋若谷微笑，大大方方承認，「有啊。」說著，目光往臺下一掃，準確找到我。

我知道該我上場了。就在這時，我突然站起來，高舉著一個粉紅色心形的巨大牌子，對著臺上中氣十足地高喊，「宋若谷！我愛你！」

攝影機準確地捕捉到我的行動。雖然知道這其實都是預先安排好的過程，但我還是覺得……真的好傻，傻到想哭好嗎……

男主持人A在臺上笑呵呵道：「看來這就是我們宋大帥哥的女朋友了，是個美女喔，唉，好浪漫……如果有個女孩這樣對我，我一定嫁給她。」

臺下一陣哄堂大笑。

什麼？你以為這樣就結束了？你真是太天真了。

接下來，某個瘋狂的女朋友丟下牌子，衝上臺。為了增加效果，我今天還穿了雙高跟鞋，跑下觀眾席，又跑上舞臺，我那激動的樣子連現場觀眾都被騙到了，她們也開始以為這是個突發情況。

然而攝影機還是平穩地追上我，現場的工作人員沒有採取任何行動。

在我即將順利地踏上舞臺時，一不小心絆倒了……我還穿不慣高跟鞋，跑得又急，於是踩到最後一階臺階時，直接「飛」向舞臺，像個炮彈似的衝向宋若谷。

這下連主持人們都嚇呆了。

在所有人都沒反應過來是怎麼回事時，宋若谷已經向前跑出幾步，準確無誤地抱住我。他橫抱著我，對著我溫柔寵溺地笑了笑，攝影機的鏡頭準確地捕捉到這個瞬間。這個鏡頭後來被他的「稻穀」們評選為宋氏最迷人的十大瞬間之一。

現在主持人也回過神來，男主持人B笑呵呵地道：「不愧是若谷的女朋友，連出場的方式都這麼的……特別。」

「剛才真的嚇了我一跳，」一個女來賓捂著胸口說，然後又改為雙手比愛心，「不過真的好浪漫好幸福！」

宋若谷放下我，女主持人把我拉到舞臺中央，笑著問道，「美女，妳叫什麼名字？」

「紀然。」

「剛才那麼激動地跳上舞臺，是不是有什麼話要對若谷說？」

「……」她這麼一引導，我終於想起來了。本來宋若谷編的劇本應該是我義無反顧地跳上舞臺，然後——

我擦了擦汗，默默地拿出一個小盒子，差一點就忘了自己是來做什麼的了，罪過啊罪過。

大螢幕上出現一個心形的戒指盒。

臺下的觀眾歡呼起來，有些特別激動的甚至開始飆淚。

我有點不好意思，很想跟他們說，別哭別哭，這其實就是一場秀……

我把戒指盒拿到宋若谷面前，打開，亮出裡面的鑽戒。那是宋若谷友情贊助的，鑽石很大，在燈光下熠熠生輝。

女主持人把麥克風伸到我面前，我認真地看著宋若谷，問道：「宋若谷，你願意娶我嗎？」

宋若谷還沒說話，臺下觀眾先整齊劃一地高喊起來：「娶她！娶她！娶她！」

也不知道是氣氛太熱烈還是怎樣，我現在也有一種入戲太深的感覺，舉著戒指的手甚至有些顫抖。

宋若谷突然對著我單膝跪地。

我呼吸一窒，心臟不聽使喚地怦怦猛跳，之前的策畫中並沒有他這個動作。

他抬起頭，向我伸出手，微笑，「我願意。」

臺下掌聲雷動，尖叫四起。

女主持人很是動容，一邊擦著眼角一邊說：「好幸福好幸福好幸福！」

兩個男主持人也附和。

男主持人A說道：「這是我們這個節目開播以來第一次出現求婚的場面，真的是很溫馨很美好。電視機前的觀眾朋友們，你們看到了嗎？如果你愛他／她，就帶他／她來《非常來客》吧，到時候在這個舞臺上，當著全國觀眾的面求婚，那是多麼浪漫的一件事。」

「你這是要搶相親節目的飯碗嗎？」男主持人B打趣道，又轉向我，「紀然，妳是不是幸福到都傻了啊？若谷都等了這麼久了，怎麼還不幫他戴上戒指？」

我連忙托起宋若谷的左手。他的手型很漂亮，手指白皙修長，沒有長繭。我托著他的手，把戒指套在他的中指上。

然後他又取過同一款情侶戒指，也幫我戴上。做完這些，他握著我的手，輕輕地親吻。他眉目低垂，濃密的睫毛如振翅的蝴蝶，表情虔誠，像在對待某種牢不可破的信仰。

我眼睛一陣發熱。

宋若谷站起身，我抬頭主動吻他。這也是他的劇本，我現在終於明白這傢伙那天在畢業典禮中說「這裡有多少人在看」時，為什麼帶著鄙夷的語氣了——他是真的嫌人少啊，這變態！

這下可好，全國觀眾都要目睹我親他了。

臺下觀眾又歡呼起來。工作人員開始搬玫瑰花上臺，很快地，整個舞臺都被玫瑰花包圍，宋若谷和我手牽著手。主持人打了個手勢，音樂響起。

主持人和其他來賓都坐在舞臺旁邊的來賓席上，將舞臺空出來。我和宋若谷手牽著手，開始唱歌。

唱的是那首很庸俗又很甜蜜的《今天你要嫁給我》。

我唱著唱著，就感覺我好像是真的要嫁給他了。

以上這個灑狗血的劇本，就是宋若谷對我的懲罰。

後來這場節目播出之後，觀眾們紛紛覺得，雖然最後那一段求婚很庸俗，但庸俗得很溫馨，所以大家表示喜聞樂見。

另外一個讓我意想不到的結果就是，由於這集節目在暑假播出，所以擄獲無數少女芳心，花痴宋若谷的同時，她們也覺得我很勵志，紛紛表達對我們的祝福。

那麼多美好的形容詞都扣到宋若谷頭上，到我這裡就只剩下「勵志」了，我哭笑不得。

當然，她們看不到宋若谷弱智的一面：錄完節目之後，他一路從電視台笑到飯店，次日又一路從C市笑到B市。

我和宋若谷一起回到B市，膩在一起幾天之後，被我媽一通電話召喚回家，伺候她老人家。

再開學時，宋若谷突然向我提出一個令人髮指的要求：「紀然，我們結婚吧。」

「我還沒畢業！」

「妳一時半刻也畢不了業，先把婚結了，乖。」他撫摸著我的頭，柔聲哄我。

「不。」

「這可由不得妳，妳婚都已經求了，想對我始亂終棄？」

「那不是作秀嗎？」

「誰跟妳作秀，我是認真的，」他親吻著我的額頭，目光溫柔如水，「一直都是。」

「可不可以先不結？」婚姻是愛情的墳墓，這種事不能操之過急。

「也好，那麼先生一兩個寶寶給我玩。」

「……滾。」

「或者妳想嘗嘗我逼婚的手段？」他抵著我的額頭，笑咪咪地看著我。

「……」

於是，在這小子的「威逼」之下，我和他跑去戶政事務所辦了登記。話說，拿著戶口名簿去辦結婚登記真的好彆扭。

走出戶政事務所，他總算鬆了口氣，「接下來我要準備婚禮了，兩個月之後我們結婚。」

「那我要做什麼？」我問。

「妳負責提意見，以及……」他把我從頭到尾打量了一下，「把自己養胖一點，」頓了頓，好笑，「保證吃起來不傷牙齒。」

「……」

我怎麼突然覺得未來的生活會很「精彩」呢？一定是我的錯覺。

——全書完——

高寶書版集團
gobooks.com.tw

YH 042
因為你也在這裡

作　　者　酒小七
特約編輯　米　宇
責任編輯　陳凱筠
封面設計　恬　恙
內頁排版　賴姵均
企　　劃　方慧娟

發 行 人　朱凱蕾
出　　版　英屬維京群島商高寶國際有限公司台灣分公司
　　　　　Global Group Holdings, Ltd.
地　　址　台北市內湖區洲子街88號3樓
網　　址　gobooks.com.tw
電　　話　(02) 27992788
電　　郵　readers@gobooks.com.tw（讀者服務部）
　　　　　pr@gobooks.com.tw（公關諮詢部）
傳　　真　出版部(02) 27990909　行銷部 (02) 27993088
郵政劃撥　19394552
戶　　名　英屬維京群島商高寶國際有限公司台灣分公司
發　　行　英屬維京群島商高寶國際有限公司台灣分公司
初　　版　2021年7月

本著作物由北京晉江原創網絡科技有限公司授權出版。

國家圖書館出版品預行編目(CIP)資料

因為你也在這裡 / 酒小七著. -- 初版. -- 臺北市：
英屬維京群島商高寶國際有限公司臺灣分公司,
2021.07
　　面；　公分. --

ISBN 978-986-506-180-7(平裝)

857.7　　　　110003991

GOBOOKS
& SITAK
GROUP©